追放された第七王子、
もふもふいっぱいの辺境で
チョコレート同盟、
はじめます!

遠坂カナレ

この作品はフィクションです。
実在の人物・団体・事件などに
一切関係ありません。

CONTENTS

追放された第七王子、もふもふいっぱいの辺境で
チョコレート同盟、はじめます！

追放された第七王子、
もふもふいっぱいの辺境で
チョコレート同盟、
はじめます！

第一章　聖印（せいいん）なしの第七王子

『親ガチャ』という言葉がある。

あまりよい言葉ではないと、元の世界のぼくは思っていた。

だけど今のぼくには、その言葉を使いたくなる気持ちが、ものすごくよくわかる。

生まれてくる家によって、人生はスタートしたときから、とてつもなくハードモードなのだ。

平和な日本の、ごくふつうの家庭に生まれ育ったぼくには想像もつかなかったことだけれど。当然のようにやさしさを向け、慈しんでくれる家族の存在は、もしかしたら、とても貴重なものなのかもしれない。

愛情深く育ててくれた両親や、互いに夢を語りあい、切磋琢磨（せっさたくま）してきた友人たち。そして、誇りを持って打ち込むことのできた、やりがいのある仕事。

二十八歳でこの世を去ったぼくは、幸せな前世の記憶を持ったまま、見知らぬ世界で、二度目の人生を送ることになった。

今日、この世界のぼくは五歳の誕生日を迎える。

そして今日が、ぼくの人生最後の日になるようだ。


「リヒト殿下。国王陛下がお呼びです」

勢いよく自室の扉が開き、そろいの制服をまとった衛兵がなだれこんでくる。

聞こえないふりをして、ふかふかのベッドに寝続けていたいのに。

五歳児のちっちゃな身体は、とても無力だ。両腕を掴まれ、あっという間に部屋の外に引きずり出されてしまった。

連れていかれたのは、玉座（ぎょくざ）の間だった。

瀟洒（しょうしゃ）な広間の中央に、精巧な彫刻を施した金色に輝く玉座が鎮座している。

玉座にふんぞりかえった国王アンゼルムは、この世界での、ぼくの父親だ。

くすんだ金色の髪に、がっちりとした体躯。あごひげを蓄（たくわ）えた精悍（せいかん）な顔立ちはとても整っているけれど、ぼくを見下ろす青い瞳は蔑（さげす）みの色に染まりきっていて、ぞっとするほど冷酷に見える。

疎（うと）まれて育ったぼくは、笑顔さえ一度も向けられたことがないけれど、ちゃんと血のつながりのある、実の父親だ。

「聖印の有無を確かめよ！」

地鳴りのようなアンゼルムの怒声が、玉座の間に響き渡る。

神官たちが、わらわらと、ぼくに群がってきた。強引に服をはぎ取られ、隅々まで調べられる。

この国では『魔力』がすべてを決めるらしい。

特に王族は、必ず魔力の所有者の証しである『聖印』を持って生まれてくる。

聖印を持たずに生まれてきたぼくは、その時点で『落ちこぼれ』の烙印を押されてしまった。

『ごくまれに、生後しばらくたってから聖印の現れる者もおります』

神官のそんな発言のおかげで命拾いしたけれど、それも今日までの話。

王家で代々語り継がれてきた伝承によると、聖印は遅くとも五歳の誕生日までには現れ、その時点で現れない者は、どんなに鍛錬を積んでも、魔法を使えるようにならないのだそうだ。

『聖印なし』と確定する今日、この世界での、ぼくの短い人生は終わる。

「陛下。やはり聖印は見当たらないようです」

「私どもが見たところ、魔力覚醒の兆候もありません。大変申し上げにくいのですが――覚醒は絶望的かと……」

神官たちの報告に「うむ」と頷くと、国王アンゼルムは険しい声で衛兵たちに命じた。

「この出来損ないを、鎮守の森へ連れて行け！」

衛兵たちが一斉に駆け寄ってきて、全裸のままのぼくを羽交い絞めにする。

「ちょ、ちょょっと待って。服、服を……っ」

この世界に生まれ落ちて五年が経つけれど、なにも考えなくても話せる元の世界の言葉、『日本語』と違って、こちらの言葉は、いまだにうまく発音できない。

舌ったらずに告げたぼくを無視して、衛兵たちは玉座の間から連れ去ろうとする。

床に散らばったぼくの服をすばやく拾い上げ、王立騎士団の騎士でぼくの剣術の師匠アントンが駆け寄ってきてくれた。

騎士団一の長身で筋骨隆々、金色の髪を短く整え、男らしく精悍な顔だちの彼は、国いちばんの剣の達人として皆から恐れられている男だ。

迫力満点のその外見は、知らない人が見たら震え上がるほど恐ろしいけれど、内面はとても温かく、『聖印なし』として蔑まれ、誰からも愛されなかったぼくに、唯一親身になって接してくれる、心やさしい男だ。

ぼくを庇ったら、自分だって立場が悪くなるだろうに。アントンはいつだって味方でいてくれた。

この世界に生まれ出ずる前、日本でショコラティエをしていたぼくにとって、大好きなカカオの存在しないこの世界は、地獄のような場所だった。

辛いことばかりの五年間だったし、死ぬことに悔いはないけれど。

大柄な身体に似合わず意外と涙もろいアントンを泣かせることになるかもしれない、と思うと、ぎゅっと胸が苦しくなった。

鎮守の森というのは、王宮からほど近い場所にある、魔力鍛錬や狩猟をするための場所だ。

以前暮らしていた世界と違い、この世界には魔力を持つ獣、『魔獣』や、獰猛な野生の獣がたくさん生息している。

特に鎮守の森は、凶暴な魔獣や獣が多く、魔力のない非力な人間が立ち入れば、あっというまに彼らの餌食になってしまう。

「陛下、お言葉ですが――」

「父上」

なにかを反論しかけたアントンの声を、凛々しい少年の声が遮る。

こわばっていた身体から、どっと力が抜けてゆく。

よかった、助かった。いくら優秀なアントンとはいえ、国王陛下に逆らえばどうなるかわからない。国王はとてつもなく残忍で、容赦がないのだ。この間も、自分に逆らった宰相を、生きたまま魔獣に食わせ、それを見世物にしていた。

「聖印なしとはいえ、リヒトは父上の貴い血を引く子どもです。獣の餌にするのはもったいないのではないでしょうか」

衛兵たちに羽交い絞めにされたまま、声のするほうをふり返る。

そこには、金色に輝くサラサラの髪に翡翠(ひすい)色の瞳、すらりと手足の長い美しい少年、第一王子リアムの姿があった。

第七王子のぼくより十歳年上の十五歳。

誰よりも強い魔力と明晰(めいせき)な頭脳を持つ彼は、七人の王子のなかでも、いちばん玉座に近いと噂されている。

「ほう。このできそこないに、なにか活用方法があるとでも？　魔法も使えぬ上に、貧相な身体つき。おまけに髪や瞳の色も、誰に似たのか不気味な闇色だ。こんな恥知らずな子どもに、なにができるというのだ」

あごひげを撫でながら、試すような眼差しで国王は息子のリアム王子を一瞥(いちべつ)する。

「現在わが国には、十二の領地があります。そのうちのいくつかは、領主の力が強く、独立心もとても強い。彼らの手綱をしっかりと握る意味でも、婚姻による縁を結ぶのは必須です。ですが、それさえ拒(こば)んでいる者がいるでしょう」

「――ヴォーゲンハイト辺境伯(へんきょうはく)のことか」

「ええ。王都から距離的にも遠く、王家の目が届きにくい。いつ謀反(むほん)を起こすともわかりません。リヒトを養子として差し出せば、役に立つのではないですか」

「確かにそうかもしれぬが、王家との縁談さえ受けようとしなかった男だぞ。受け入れを拒絶するのではないか」

「もし辺境伯が拒絶したとしても、周辺領に養子に出せばいい。そうすれば、有事（ゆうじ）の際の防衛拠点にできますし。リヒトは身体こそ小柄で華奢（きゃしゃ）ですが、教育係によると、知力はかなり高いとのことです。将来、監視役として使えるようになるかもしれません。獣の餌にするよりは有用だと思いますが、いかがですか」

ふむ、と考え込むような表情で、国王は腕を組む。

獣の餌。あらためて言葉にされると、恐怖に震えが止まらなくなった。

指先がふるふると震え、冷たい汗が、つうっと背筋を伝ってゆく。

「聖印なしの出来損（できそこ）ないだ。誰も受け入れたがらなかったら、どうする？」

「そのときは、獣の餌にするまでです。まずは、利用できる方法を試してみましょう」

にっこりとほほ笑み、リアム王子は国王に告げる。

まだ十五歳だというのに。そのうつくしい笑顔には、現国王以上に高貴な気品が漂い、凄みさえ感じさせる。

「私が受け入れさせてみせます。交渉術の実戦練習として、試させていただけませんか」

「そこまでいうのなら、お前に任せよう。ヴォーゲンハイト辺境伯、ヴィルヘルムは曲者（くせもの）だ。どこまでやれるか、試してみろ」

「ありがとうございます」

姿勢を正し、リアム王子は深々と頭を下げた。

「まったく、お前というやつは。魔力の強さといい、弁の立つさまといい、末恐ろしいな。それに比べて、この恥知らずは——」

軽蔑しきった眼差しで、国王がぼくを一瞥する。

ぎゅっと唇を噛んで、涙が溢れてくるのを必死でこらえた。

「目障りだ。下がれ！」

まるで獣でも追い払うかのように、吐き捨てられる。

衛兵たちに突き飛ばされ、勢いよく床に転がったぼくを、駆け寄って来たアントンが抱き起こしてくれた。

ヴォーゲンハイト辺境伯、ヴィルヘルム家の家長は、かなり手強いようだ。弁の立つリアムがどんなに言葉を尽くしても、ぼくを里子にしなかった。

代わりに、ヴォーゲンハイトの領土の東側、ちいさな貧しい領地、『名もなき荒れ地』を治める爵位なしの領主ダニエルがぼくを引き取ってくれた。

養子縁組みが決まった翌日、さっそく、ぼくはダニエルのもとに送られた。

王都から遠く離れた辺鄙な場所にある、爵位なしの領地。土地はやせ、人々はとても貧しかった。

だけど――。

貧しいその領地に送られた次の日の朝、ぼくはこの五年間でいちばん幸せな気持ちで、目を覚ました。

「おはようございます。リヒト殿下。昨日はゆっくり休めましたか」

食堂に向かうと、この館の主、領主ダニエルが出迎えてくれた。

ふわふわした栗色の髪と少し垂れ気味のこげ茶色の瞳。ダニエルのやさしい笑顔に、ぼくはつられるように笑顔になる。

この世界に生まれ落ちて以来、こんなにもやさしい眼差しを向けてくれる大人に、ぼくは一度たりとも出逢ったことがない。

アントンも心根はやさしいけれど、顔立ちがいかつすぎて笑顔でさえも怖い。ぼくがふつうの五歳児だったら、睨まれるたびに震えあがって泣き出しているだろう。

「おはようございます、お父さま。お父さまがふかふかのベッドを用意してくださったおかげで、ゆっくり眠れました。ありがとうございます」

ぼくの発した『お父さま』という言葉に、ダニエルは、ぱぁっと顔を輝かせた。

元の世界のぼくよりちょっと年上、三十二歳のダニエルは、妻のリィナと結婚十二年目。

なかなか子宝に恵まれず、子を持つことを諦めかけていたのだそうだ。

いつか子ができたときのために、と、この家を建てるときに、子ども部屋を用意していたのだという。

その貴重な子ども部屋に、ダニエル夫妻は王家から追い出されたぼくを、温かく迎え入れてくれた。

「ありがとうございます。リヒト殿下。殿下が来て下さったおかげで、長年の夢が叶いました。ですが、私のような者に『お父さま』だなんて……」

恐縮しきって頭を下げるダニエルに、ぼくは、にこっとほほ笑みかけた。

「よかったら『お父さま』って呼ばせてください。よい息子になれるよう精いっぱいがんばりますから。できればぼくのことは、『リヒト』って呼んでほしいです。敬語も使わないでほしい。よそよそしくされると、寂しくなっちゃいます」

ダニエルの瞳が、みるみるうちに潤んでゆく。今にも泣きだしそうな顔で、ダニエルは神に感謝の言葉を叫んだ。

「まあ、あなたったら朝から大きな声を上げて。リヒト殿下。ごめんなさいね、騒がしくしてしまって」

焼きたてのパンの甘い香りとともに、小柄でふっくらした、にこやかな女性、リィナがやってきた。ふかふかつやつやのパンの載った皿を、彼女はテーブルに並べる。

「おはようございます、お母さま。とってもおいしそうなパンですね！　ぼくも運ぶの、お手伝いしますね」

「まあ、『お母さま』ですって……！」

リィナは口元に手を当て、大きく目を見開く。彼女もダニエルと同じように、神に感謝の言葉を叫んだ。

「リヒト殿下、ご無事ですか！」

二人の叫び声を聞きつけたのだろう。上半身裸のアントンが駆け込んでくる。

突然下着姿で現れた大男に、リィナが悲鳴を上げた。

「アントン、ダメだよ。そんな恰好でウロウロしたら。ここは騎士団の独身寮じゃないんだから」

「はっ、ご婦人の前で。大変申し訳ありません……！」

汗だくなところを見ると、早朝から鍛錬にいそしんでいたのだろう。とはいえ、家族以外の女性の前で裸体をさらすなんて、この世界では絶対に許されないことだ。

部屋の外に飛び出し、アントンはきっちり騎士団の制服をまとって駆け戻って来た。

「アントン、制服以外の服はないの？」

「入団前とは、体格がだいぶ変わりましたので。制服以外の服を持っていないのです」

屈強な男ばかりが勢ぞろいしている騎士団員のなかでも、アントンは特に大きくがっちりしている。いまだに成長しているのか、去年仕立てたばかりだという制服も、すでにはちきれそうだ。

「私の服をお貸しできればいいのですが、申し訳ありません。大きさが合わないものばかりで……」

心底申し訳なさそうに、ダニエルが頭を下げる。

「お父さまが謝る必要ないですよ。アントンがおっきすぎるだけだから」

『リヒト殿下をおひとりにするわけにはいきません！』と、騎士団を退団し、ぼくにくっついてきたアントン。

ダニエルは、ぼくだけでなくアントンまで、この家に居候させてくれている。

天井の高い王宮内でも圧迫感があったのに。つつましいダニエルの家の中は、アントンがいると、とても窮屈に感じられる。

「ごめんなさい……。いっぱい食べる大男を連れてきちゃって……」

そばにいてくれるのは心強いけれど、推定二メートル超えでがっちりした体躯のアントンは大飯喰らいだ。

領主とはいえ、決して裕福には見えないこの家の財政を圧迫するのではないかと、不安でたまらなかった。

「謝る必要なんかないですよ、リヒト殿下。アントン卿が来てくださって、とてもありがたいのです。私は弓専門で、剣術はからきしですから。国いちばんの騎士、アントン卿に剣術の稽古をつけていただけるとのことで、私を初め、領民皆が感激しているのです」

アントンいわく、ダニエルはこの国でも有数の弓の名人らしい。

大規模な魔獣討伐で武勲を上げ、この地を任されることになったのだという。

彼の指導のおかげで領民たちも弓は得意な者が多いけれど、剣での接近戦に弱く、不安を感じているのだそうだ。

「でも……」

口ごもったぼくの隣で、アントンが、ぴしっと姿勢を正す。背筋を伸ばすと、天井に頭をぶつけてしまいそうで危険だ。

「ご安心ください、リヒト殿下。ただ飯を喰らう気はありません。必ずやこの領地に役立つよう、尽力いたします」

姿勢を正したまま力強い声で宣言した後、アントンは首をかしげた。

「それにしても、あの密林、どうにかならないんですかね。領土の三分の二が密林に覆われているせいで、なんの作物も植えられないんでしょう？　あの密林を焼き払って畑にすれば、もっと豊かになるんじゃないですか。自分が開墾を手伝いましょうか。力仕事には自信がありますよ」

アントンの言葉に、ダニエルは力なく首を振る。

「それができれば、苦労しないんですけれどね。歴代の領主は皆、あの密林を焼き払おうとして、命を落としているんですよ」

うっそうとした木々に覆われた、広大な森。開拓のために焼き払おうとした者だけでなく、中に入ろうとした者まで、重傷を負ったり、命を落としたりしているのだそうだ。

「『呪われた森』というやつですか」

「呪われているかどうかはわかりませんが、あの森には関わらないほうがよいと思います。危険すぎます」

ダニエルの隣で、リィナも真剣な表情で頷く。

「私の従兄弟(いとこ)も、あの森に入ろうとして大怪我をしたんですよ。噂や迷信ではなく、本当に危険なんです」

悲痛な声でリィナは呟く。

「リヒト殿下も、どうかあの森にだけは、近づかないでくださいね」

リィナとダニエルに念を押され、ぼくはぎこちなく頷いた。

翌日、ぼくはダニエルとアントンが領民たちの剣術の稽古に出かけて行ったのを見計らって、そっと屋敷を抜け出した。

向かった先は、『呪われた森』。この領地の三分の二を覆いつくす、巨大な密林だ。

「中に入ろうとしただけで、大怪我をしたり、死んじゃった人もいるっていっていたなぁ……」

不安になりながら、少し離れた場所からそっと恐ろしい密林のようすをうかがう。

この地域は王都と比べても涼しいのに、生い茂る木々は、なぜかジャングルに生えているみたいな、熱帯植物ばかりのように見える。

「どうしてこんなに涼しいところに、あんな木が生えているんだろう……」

ぱっと見た感じ、森の外側を覆う木々はバナナにそっくりだ。見覚えのある黄色い果実も実っている。

「ヤシの木みたいなのも生えているな」

もっと近づいて観察したいけれど、危険を冒して、ダニエルたちに迷惑をかけるわけにはいかない。

もどかしい気持ちで、じっと密林を観察していると、ふいに誰かの悲鳴が聞こえてきた。

「うみゃぁーっ！」

甲高い、幼い子どもの泣き声みたいな声だ。

飛び上がって、周囲を見渡す。視界に入る範囲には、なんの異常もなかった。

「うみぁーーっ！」

まただ。可愛らしい悲鳴が響き渡る。

目を閉じて、声のする方角を探る。

「みゃー！」

三度目の悲鳴。わかった。川だ！　密林からじゃない。川上から聞こえているんだ。

理解した瞬間、ぼくは駆けだしていた。

「うみゃぁーっ！」

ふたたび、鳴き声がする。川辺に駆け寄ると、川の中央、岩にしがみつくようにして、溺れかかっている耳の長い生き物の姿が視界に飛び込んできた。

「うさぎ……？」

ふわふわの白い毛に覆われた、子犬くらいのちっちゃな生き物。

耳がすごく長いし、ぱっと見うさぎみたいに見えるけれど。しっぽがものすごく大きくて、額には真っ赤な宝石のようなものがついている。

「みゃー！　たすけて！」

人間の言葉が喋れるらしい。ぼくの姿に気づくと、耳の長い生き物は必死になって助けを求めてきた。

「待ってて。今すぐ行くよ！」

前世で溺れたときの記憶が、脳裏をよぎる。

元の世界の、ぼくは、海で溺れている子どもを助けようとして、大波に呑まれて意識を失い、目覚めるとこの世界の赤子になっていたのだ。

ただでさえそのことがトラウマになっているのに。流れの速い川は、海以上に危険だ。

それでも、迷っている場合じゃないと思った。

気づいたときには、川に飛び込んでいた。川上から入水し、流れにそって岩まで近づく。

「ほら、おいで」

めいっぱい伸ばした右手でウサギみたいな生き物を素早く抱き寄せ、もう片方の手で水をかく。

きらきらと光り輝く水面。透明で澄んだ水なのに、ちっとも冷たくない。それどころか、温泉かと思うくらい、温かな水の流れる川だ。

強い流れに身体を持っていかれそうになりながら、なんとか岸まで辿り着く。

草むらに下ろしてあげると、謎の生き物は、ぶるぶるっと全身を震わせて獣毛から水を飛ばし、ぴょんっと飛び跳ねた。

「たすけてくれて、ありがと！」

南の島の海みたいに、澄んだエメラルドグリーンの瞳。まんまるな大きな瞳でじっと見つめられ、そのきれいな色に見蕩れそうになる。

「どういたしまして。けがしてない？　だいじょうぶ？」

長い耳と大きなしっぽをぴょこぴょこ揺らしながら、ウサギみたいな生き物はこくこくうなずいた。

そして、自分の首元に手をやり、「ほぁっ！」と全身の毛を逆立てて悲鳴を上げる。

「どうしたの？」

「魔石っ。魔石ないないない！」

今にも泣きだしそうな顔で、謎の生き物は、ぼくを見上げる。

「魔石？　その、きみの額にくっついてるやつのこと？」

「これ、ラフィの魔石。ラフィ、首に巻いてたの。レヴィ、じーじとばーば、父ちゃと母ちゃの魔石で、首かざり作ってくれたの」

舌っ足らずな声で、いっしょうけんめい語りかけてくる。

「ラフィ？　レヴィ？」

なんのことだろう。首をかしげたぼくに、謎の生き物は自分を指さしながら、「ラフィ！」といった。

「ラフィ？　もしかして、きみの名前？」

こくこくうなずき、ラフィと名乗った生き物は、密林を指さす。

「レヴィ。あの森の長（おさ）。とってもえらい神獣！」

「しんじゅう……？」

ぼくの問いに答えることなく、ラフィは川に向かって勢いよく駆け出す。

「わ、ちょっと待って。危ないよ、ラフィ！　また溺れちゃうよっ」

ぼくが止めるのも聞かず、ラフィは一目散に川に駆け寄る。

飛び込もうとするラフィを、ぼくは抱え上げた。

「むーっ！　離して！　魔石、だいじだいじ。早く探さなくちゃだめ！」

ちんまりした四本の足をばたつかせて、ラフィは大暴れする。ぼくはぎゅうっとラフィを抱きしめ、なんとか思いとどまらせようとした。

「どんなに大事なものでも、きみが死んじゃったら意味がないよ。きみ、泳げないよね？」

ぷうっとほっぺたを膨らませて、ラフィはむいっと前足を突き出した。

「泳げるもんっ」

「うそだ。ぜんぜん泳げてなかったよ。ほら、安全な場所で待ってて。ぼくが探してくるよ。なくした石は四つ？　きみの魔石と同じ、赤い色？」

ラフィは少し考えるような仕草をしたあと、自分の手をじっと見つめながら、「じーじ、ばーば、父ちゃ、母ちゃ」と数え始める。

「いち、にー、さん、し？」

ちょっと自信なさそうに、ラフィはぼくを見上げる。

「四つだね。色やかたちは、きみの石といっしょ？」

「いろんな色。かたちも、いろいろ」

ふわふわした声で、ラフィはそんなふうに答える。全然ヒントにならない。だけどたぶん、ラフィの額に輝いているのと同じくらい、キラキラしたきれいな石なのだろう。川底にそんな透明できれいな石が落ちていれば、すぐにわかると思う。

「ラフィ、きみはどこから川に落ちたの？」

短い前足で、ラフィは川上を指さす。

濡れた服を脱ぎ、ぼくは下着一枚になってラフィの指さした場所から慎重に川に入った。

相変わらず、水はとても温かい。とろりと全身を包み込む感触が心地よい。

川の流れは速いけれど、川上から川下にまっすぐ流れていて、複雑な流れのところは、あまりなさそうだ。

（できるだけ、流れに逆らわないようにして……）

水中に顔をつけ、ゆっくりと目を開く。周囲を見渡してみたけれど、魔石らしきものは見当たらない。

透明な川で本当によかった。おかげで、遠くまで見渡せる。

流れに乗って川を下りながら、石を探す。

（あった！　あれ、魔石じゃないかな？）

陽差しを浴びてキラキラときらめく、オレンジ色の石。めいっぱい手を伸ばし、それを拾い上げた。

「あったよ！」

いったん岸に上がって、ラフィに手渡す。

「これ、魔石だよね？」

「母ちゃの石！」

ラフィは石に飛びつき、ぶんぶんと大きなしっぽを振った。

「落とさないようにね。ぼくは残りの石を探しに行くよ」

二回目は、ひとつも見つけられなかった。三回目は、ばーばの石。四回目と五回目は、不発。何度も何度も潜り続け、やっとのことで全部の石を回収できた。

「ふぁー……」

子どもの身体で川を泳ぎ続けるのは、さすがに辛い。

大の字になって草むらに寝転がったぼくを、ラフィが心配そうにのぞき込んだ。

「だいじょぶ？」

「だいじょうぶ。ちょっと疲れただけだよ」

ぎゅるぎゅるぐーと腹の音が鳴り響く。

こちらの世界に来て以来、三食パン食だから、どうしても米派のぼくにとって腹持ちが悪いのだ。

朝食べたパンも、すっかりどこかに消えてしまった。

「はらぺこ？」

ラフィにも、腹の音を聞かれてしまったみたいだ。

「うん。ちょっとお腹が空いちゃった」

疎まれていたとはいえ、いちおう王子だったから。王宮にいたときは、好きなときに好きなだけ、欲しいものを食べられた。

里子に出されてからは気を遣ってしまい、わがままはいえない状況だ。

「ラフィ、おいしいおいしい、とってくる！」

くるんと宙返りして、ラフィはてとてとと走り出した。

「あ、ちょっと待って。ダメだよ！　そっちに行ったらダメ！」

ラフィが向かった先。それは、うっそうとした木々が生い茂る、呪われた森だった。

「ラフィ、待って。危ないよ……っ」

森に近づくと、ラフィはバナナそっくりな木に、するすると登ってゆく。そして、黄色く熟した果実をもいで、ぼくに駆け寄ってきた。

「ナーロ。あまあま、うまうま！」

差し出されたそれを、おそるおそる受け取る。

見た目はバナナそっくりだけれど、呪われた森に生えている植物の果実。食べて大丈夫だろうか。

不安を感じながらも、ラフィにうながされるまま皮を剥くと、甘い香りが鼻先をくすぐった。

ぎゅるぎゅるぐーと、ふたたび腹の音が鳴る。

「うぅ……お腹空いた」

たくさん泳いだせいで、意識がもうろうとするくらい、お腹が空いている。

ぼくは意を決し、ぎゅっと目を閉じて、口を開いた。

はむっとかじりついたそれは、口のなかでやわらかく潰れる。

ねっとりとした食感のやさしい甘さの果実。間違いない。これは――。

「バナナだ！」

あまりの懐かしさに、叫ばずにはいられなかった。この世界に来て、初めてバナナを食べた。

思わず感動して飛び上がったぼくに、ラフィは、にこっと笑顔を向けた。

「ナーロ、すき？」

こちらの世界では、バナナのことをナーロと呼ぶらしい。

「好き！」

子どものころから大好きだったし、バナナの甘さはチョコレートとも合うから、元の世界ではバナナを使ったお菓子をよく作っていた。

「森のなか、おいしいものいっぱい！　きて！　お礼する」

　ぼくの足を掴み、ラフィは呪われた森に引っぱっていこうとする。

「ちょ、ちょっと待って。あの森、呪われているんだよね？　あの森に入ろうとして、死んだり怪我をしたりしたひとがたくさんいるって、ぼく、聞いたよ」

　ちょこんと小首をかしげ、ラフィはぼくを見上げる。

「心がばっちいと、なか、入れない。レヴィの結界、つよつよだから」

「結界？」

　こくん、と頷き、ラフィはぼくの足をまた引っぱる。

「りと、心きれいきれい。だいじょぶ。入れる！」

　ちっちゃいのに、ものすごい力だ。

　振りほどこうとしても、ラフィの前足はびくともしない。

　それに、ぼくはラフィに名前を教えていないのに、どうして知っているんだろう。微妙に間違っているけれど、『りと』って、たぶんぼくの名前『リヒト』といおうとして、うまく発音できずにそう呼んでいるのだと思う。

「ちょ、ちょっと待って。待ってよ！　ラフィ」

　どうしよう。このままじゃ、呪いの森に引きずり込まれてしまう。

　心がきれいなら大丈夫、なんて、そんなの怖すぎる。

こちらの世界ではまだ子どもだから、そんなに悪いことはしていないと思うけれど。
向こうの世界では大人だったから、それなりに人を傷つけたりもした。
自分の心がきれいだなんて、とてもじゃないけれど、胸を張っていえない。
「ラフィ、離して。頼むからっ」
うっそうと生い茂る密林に、ぐんぐん近づいてゆく。
ダメだ。このままじゃ、逃げられない……！
かわいい見た目をしているけれど。もしかしたらラフィも魔獣なのだろうか。
人間を引きずり込んで、仲間といっしょに食べようとしてる……？
嫌だ。まだ死にたくない！
必死で足を踏ん張って、なんとか逃れようとする。
みるみるうちに木々が近づいてきて、大きなバナナの葉で日光が遮られる。
どうすることもできないまま、ぼくは呪われた森に引きずり込まれてしまった。

第二章　呪われた森とカーバンクル

むっとするような熱気と、むせかえるように濃厚な緑と土のにおい。鳥や獣の啼き声が、頭上を飛び交っている。

「ぼく、生きてる……？」

おそるおそる目を開き、ぼくは周囲を見渡した。

「りと、心きれいきれい！　だからレヴィの結界、平気！」

勢いよく、ラフィがぼくに飛びつく。ぼくは両手を広げて、ラフィの身体を抱き止めた。

「きれい、なのかなぁ……」

心のきれいさにはあまり自信がないけれど、無事で本当によかった。

ラフィを抱きしめたまま、その場にへたりこんだぼくの視界に、あるものが飛び込んできた。

大きな葉を茂らすバナナそっくりな木々の下、背の低い木の幹や枝に、小ぶりなラグビーボールのような実がいくつもなっている。

「カカオだ！」

ラフィをそっと地面に下ろし、カカオらしき木に駆け寄る。

近づいてそっと触れると、赤褐色のその実は、触り心地もカカオの実そっくりだった。

「こっちの世界にはカカオは存在しないのかと思っていたけど、ちゃんと存在したんだ！」

思わず叫んだぼくを、ラフィは不思議そうな顔で見上げた。

「かかお？」

「この世界ではなんと呼ぶのかわからないけれど、『チョコレート』っていうおいしいお菓子の材料になる、木の実なんだよ」

「ラフィ、おいしい、すき！」

ぴんっと長い耳を立て、ラフィはキラキラと瞳を輝かせる。

「あまい？」

「カカオの実自体が甘いわけじゃないけど、チョコレートは甘いものが多いよ。こっくり濃厚で、舌の上でとろりと蕩ける。個人的には、世界でいちばんおいしい食べ物だと思うよ。一度食べたら、みんな、虜（とりこ）にならずにはいられないんだ」

古来より、神の食べ物（テオブロマ）と呼ばれてきたカカオ。

二度とチョコレートを食べられない、と思って絶望していたけれど。

この実が本当にカカオなら、また食べられるかもしれない。

もっと観察したかったけれど、ラフィはぼくの足を引っ張り、さらに森の奥深くへと連れて行こうとした。

ぼくの手のひらよりも大きな極彩色（ごくさいしき）の蝶が、ふわりと鼻先をかすめてゆく。

生い茂る木々の緑に埋めつくされた森のなか。くっきりと浮かび上がるように、色鮮やかな花々や昆虫、鳥の姿が時折視界に飛び込んでくる。

「見たことのない鳥や花が多いなぁ」

カカオ農場には、何度も足を運んだことがあるけれど、向こうの世界では一度も見たことのないような花や鳥が多い。

なにもかもが物珍しくて、スマホのＡＩ図鑑アプリを使って、花や鳥の種類を調べたい衝動に駆られる。

前世のくせでポケットに手をやったけれど、当然スマホは入っておらず、空っぽだった。

しばらく歩き続けると、急に視界が開けた。

うっそうとした木々の先、ぽっかりと切り開かれたような空間に、澄んだ水をたたえた大きな湖がある。

「こんなところに、湖？」

呟いたぼくの声に、凛とした声が答える。

「湖じゃない。『泉』だよ。水が湧き出しているんだ」

声のするほうに視線を向けると、そこには巨大な白いもふもふがいた。

「わっ、と、虎……！」

降り積もったばかりの雪のように、ふわふわで真っ白な毛に覆われた、見上げるほど大きな獣。縞模様のそれは、白虎だ。

びっくりして尻もちをつき、慌てて逃げだそうとする。

だけど、あまりにも驚きすぎて、ひざが震えてうまく立てなかった。

「レヴィ！」

歓声をあげて、ラフィが白虎に駆け寄ってゆく。

ふわふわの毛に、もふっとダイブするように飛びついたラフィを長い尻尾でいとしげに撫でると、虎はしゅるんと縮んで、人間の姿になった。

褐色の肌に、キラキラときらめく肩まで伸びた白銀の髪。やさしそうな少し垂れ気味の瞳と、かたちのよい唇。背が高くてすらりと手足が長く、とてもきれいな顔立ちをした青年だ。生成りのシャツと淡いブルーのシンプルなズボンがよく似合っている。

瞳の色は宝石みたいな濃いブルーで、頭には虎の耳と思しき白い獣耳が生えている。ぴくぴくと動くかわいらしいその耳が、落ち着いた雰囲気の容姿とアンバランスで、ちょっと不思議な感じだ。

じっと観察したあと、失礼かもしれない、と思って慌てて目をそらす。

「はじめまして、リヒト。ラフィがお世話になったようだね」

ぼくもラフィもなにも話していないのに、ぼくの名前を知っているようだ。獣耳の青年は、にっこりと笑顔を向けてくる。

『この森の長』と聞いていたから、もっと年配かと思ったけれど、目の前の青年は二十代前半くらい。とても若く見える。

「あなたがレヴィさんですか?」

「そうだよ。白虎のレヴィだ。きみたち人間は虎が怖いようだから、人間の姿のほうがいいだろう?」

やわらかな声音で問われ、おずおずと頷く。

確かにそのとおりなのだけれど、いつでも巨大な白虎に戻れるのだと思うと、指先の震えが止まりそうにない。

ましてやここは、誰一人として無事に入れたことがないという『呪われた森』だ。レヴィの機嫌を損ねれば、自分も無事に外に出ることはできないかもしれない。

「なにもそんなに怯えなくても。この子、カーバンクルのラフィは、この森の守り神なんだ。大切なラフィを助けてくれたきみには、心から感謝しているんだよ」

「守り神……?」

カーバンクル。どこかで見たことのある言葉だ。ゲームだったか漫画だったか、実在しない幻の生き物のことだったように思う。

「カーバンクルはね、幸せをもたらす幻獣だよ。ラフィがいなくちゃ、この森の平穏は保てない。まあ、実際には特別な価値なんかなくても、単にかわいいから大切、っていうのもあるんだけどね」

「ラフィ、かわいい？　やった！」

ラフィは嬉しそうに、ぴょこぴょこと飛び跳ねる。

ジャンプするたびにゆらゆらと長い耳と大きなしっぽが揺れて、確かにとても愛らしい。

「ラフィを助けてくれたお礼に、きみの願いをかなえてあげるよ。リヒト、遠慮せず、なんでもいってごらん」

レヴィの言葉に、ぼくはさっき見かけたカカオのことを思い出した。

「もし、本当になんでも叶えてもらえるなら、この森に生えているカカオの実を少し分けてほしいです。赤茶色や黄色っぽい茶色で、ラグビーボールをひと回り小さくしたような実のことなんですけど」

「ラグビーボール？」

うっかりしていた。この世界にはラグビーという競技は存在しないのだ。

「えっと、こんな感じの楕円(だえん)形の果実で、木の枝や幹から、にょきにょきとなる実です」

「ああ、あの実のことか。いいけど、どうするんだい。あれは堅いし、使い道がないよね」

「殻を割ると、白い果肉と種が出てきて、その種を使うと、すっごくおいしいおやつが作れるんですよ」

「おいしいおやつ……！」

ラフィが身を乗り出すようにして瞳を輝かせ、物欲しそうによだれをたらす。

「ラフィ、おいしい、すき！」

ぴょんぴょん飛び跳ねるラフィに目を細め、レヴィはぼくに向き直った。

「その実を好きなだけあげるから、ラフィにも、おいしいおやつとやらを食べさせてくれないか」

「もちろんです！　あ、ただ、種を発酵(はっこう)させなくちゃいけないから、できあがるのに、少し時間がかかっちゃうんですけど……」

ラフィがしょんぼりと耳と尻尾を垂れる。

感情が耳やしっぽにそのまま現れるようで、眺めていると、なんだか楽しい気分になった。

「どれくらいかかるんだい」

「カカオの種類にもよるけど、七日くらいかかります。そのあと、豆を乾かすのにさらに七日。そこからようやく加工に入るから、できあがりは十五日後くらい」

「いち、にー、さん、しー、ごー……」

指折り数え、ラフィは「きゅうー！」と目をまわす。

倒れそうになったラフィを、ぼくは慌てて抱き止めた。ふわふわの毛が頬にあたって、ちょっとくすぐったい。

「発酵や乾燥か。私の魔法で短縮できるかもしれない。やってみよう」

協力を申し出てくれたレヴィとともに、ぼくはカカオそっくりな果実から、チョコレートを作ることになった。

ぼくが以前暮らしていた世界では、多くのショコラティエが加工済みの製菓用チョコレートを使っていたし、ぼくもまったく使っていなかったわけじゃないけれど、カカオ豆を使って一からチョコレートを作る『ビーン・トゥ・バー』にも力を入れていた。

まさかその経験が、こんなふうに役立つ日が来るなんて。なんだか不思議な感じだ。

「まずはカカオの収穫に行こう」

「しゅーかく！」

ぴょんっと飛び跳ね、ラフィがぼくの言葉を真似る。

おいしいおやつがよっぽど楽しみなのか、元気いっぱい、ふしぎな鼻歌を歌っている。

歌詞はまったくわからないけれど、とても楽しそうな歌だ。

「カーバンクルの歌声にはね、不思議な力があるんだよ」

レヴィのいうとおり、ラフィの歌に誘われるように、蝶や鳥が次々と集まってくる。

かわいらしい虫や鳥だけならいいけれど、蜂までたくさんやってきた。

「わぁ、蜂！」

ぶんぶんと羽音を立てる蜂から逃げようとしたぼくを、レヴィがやさしく引き留める。

「怖がる必要ないよ。この森の蜂は、魔力を持った魔虫だからね。自分たちに敵意を向けてくる人間や邪悪な心を持つ人間しか襲わないんだ。ほら、見てごらん」

レヴィがすらりとした手のひらを蜂に差し出すと、蜂はレヴィの手のひらに近寄り、ちゅ、とキスをした。

「ほら、きみもやってごらん」

レヴィに促され、ぼくはふるふると首を振って後ずさる。

「りと、だいじょぶ！　この森の蜂さん、とってもやさしい！」

やさしいなんていわれても、信じられるわけがない。

「無理っ、無理だよっ……！」

逃げ出そうとするぼくの足を掴み、ラフィは蜂たちのほうに近づけようとした。

「蜂さん、来て。りと、あたらしいおともだち！」

ちっちゃいのに、ラフィはとても力が強い。強引に押し出され、目の前に蜂の群れが近づいてきた。

「うわぁああ！」

慌てふためき、尻もちをついたぼくの鼻先に、蜂たちがちゅ、とかわるがわるキスをする。刺されていないから痛みはまったく感じないけれど、ぶんぶんと唸るような羽音に取り囲まれ、全身の毛が逆立っておさまらなくなった。

「ひぃっ……助けて！」

尻もちをついたまま転がるように逃げまわるぼくに、ラフィは不思議そうな顔をする。

「蜂さん、いい子。こわいこわい、ないよ！」

頭では理解できても、恐怖心は消えない。おそるおそる立ち上がったぼくのまわりを、蜂たちはぐるぐると飛び回った。

「きみたち、そろそろ勘弁してやってくれないか。人の子はとても怖がりなんだ」

レヴィが声をかけると、ようやくぼくから離れてくれた。

羽音が聞こえなくなると、こわばっていた身体から力が抜けてゆく。

怖くてきちんと観察できなかったけれど、どの蜂もちいさく、ミツバチに似ていたように思う。

「あの子たちは花の蜜を集めるのかな」

「蜂さん、蜜、集めるの得意！　ラフィ、蜂さんの蜜、すき」

チョコレート作りをしようと思ったものの、この世界では、砂糖は貴重な食材だ。王宮にいたときならまだしも、ダニエル家では、甜菜糖を大切そうに少量ずつ使っている。

「ラフィ、蜂さんに、少し蜜を分けてもらえないかな」

「できるよ！　ラフィ、蜂さんにお花咲かせてあげてるの。蜂さんとラフィ、仲よし！」

元気いっぱい飛び跳ね、ラフィは蜂たちに向かって歌いかける。すると、蜂の群れが、ぶうんと塊になって、矢印みたいな形を作りながら、ひとつの蜂の巣へと飛んでいった。

「この巣からなら、わけてあげてもいいよって」

ラフィが鮮やかなピンク色をしたリンドウ型の大きな花を巣に向かって差し出すと、蜂たちはそこにはちみつを垂らしてくれた。

「ありがと。お礼にいっぱい花を咲かせるね！」

歌うように告げたラフィの声に反応するように、そこかしこでつぼみが膨らみ、花が咲き始める。蜂たちは嬉しそうに、花へと吸い寄せられていった。

「せっかくわけてもらったはちみつがこぼれてしまわないように、瓶に入れておこう」

レヴィがパチンと指を鳴らすと、どこからともなく透明な瓶が姿を現し、花に蓄えられた蜜がそこへと吸い込まれてゆく。

「きれい。こんなに透明なガラス、一度も見たことがないです」

手を伸ばし、そっと瓶に触れてみる。

「冷たっ……」

思わず手を引っ込め、叫び声を上げたぼくを、レヴィはおかしそうに笑った。

「これはガラスじゃないよ。氷だ。暑くても絶対に溶けない氷。きれいでしょう」

白虎の神獣、レヴィはいくつも魔力を持っているけれど、そのうちのひとつが、「天候を操る力」なのだそうだ。雪も氷も雨も風も、まばゆい日差しも。レヴィはなんでも魔法で生み出せる。

しゅるん、と瓶を魔法で小さくして、レヴィは小瓶をシャツのポケットにしまった。

「その氷、レヴィは冷たくないんですか」

「特に気にならないな。それより、そろそろじゃないか。例の楕円形の実のなる場所は」

こんなにも広大な密林なのに、レヴィは密林のどこになにが生えているのか、把握しているようだ。

「あれです。あの、たくさんなっている実。あれが欲しいんです」

ぼくがカカオそっくりな木を指さすと、ラフィがてとてとっと駆け寄ってゆく。器用によじのぼり、ラフィは赤褐色の実をもいだ。二十センチはありそうな立派な実だ。

「いくつ必要なんだい」

「よかったら、百個くらい、お願いしたいです」

カカオ豆は少量だとうまく発酵しないため、一度にたくさんのカカオを使う必要がある。

それに、一枚の板チョコを作るのに必要なカカオの実は約二十八個。この大きな実を百個収穫したとしても、板チョコ四枚分にもならないのだ。

「いいよ、好きなだけ収穫して」

「ありがとうございますっ」

ラフィと手分けして収穫し、カカオの実を地面に山積みにしてゆく。

「殻を割りたいんです。刃物を貸してくれませんか」

カカオの殻は意外と固い。子どもの身体でちゃんと割れるか不安だったけれど、レヴィが魔法ですべてのカカオをぱっくりと割ってくれた。

「ありがとうございますっ。うん、やっぱりこの実は、間違いなくカカオだ！」

二つに割れたカカオポッドには、白い果肉（パルプ）が詰まっている。チョコレートの材料になるのは、果肉ではなく、果肉のなかに詰まった種、カカオ豆だ。

果肉ごと殻（から）から剥がし、地面に広げたバナナの葉の上に並べてゆく。

不器用ながらも、ラフィがしっぽをふりふりお手伝いしてくれた。全部並べたら、バナナの葉を被せ、果肉と豆をきっちり包んでゆく。

カカオを自然発酵させる際、微生物の影響で、土地ごとに異なった風味が生まれるといわれている。

ぼくのいた世界とは、まったく違なる世界。この地で発酵させるカカオがどんな味になるのか、想像しただけでワクワクしてきた。

「ふだんはこの状態で自然に発酵するのを待つんですけど、魔法で発酵させられますか」

興奮を抑えつつ、頼んだぼくに、レヴィはにっこりと笑顔を向けてくれた。

「できるよ。見ていてごらん」

ぱんっとレヴィが手を打ち鳴らすと、むせかえるように濃密な匂いが辺りに充満した。

おそるおそるバナナの葉をめくってみると、白いパルプは液状化し、カカオ豆が露出している。割って確かめてみると、まだ少し発酵が足りないようだった。

「もう少しだけ、お願いしてもいいですか」

発酵の程度によって、チョコレートの味わいも変わる。やりすぎてもよくないけれど、浅すぎても物足りないものになってしまうのだ。

二度目の魔法の後、豆を割ってみる。かなりよさそうな色味だ。

「ありがとうございますっ。この豆を天日干しして、乾燥させたいんですけど……」

カカオ豆の最適な水分量は、六〜八パーセントくらいだといわれている。

数値で測れないから、目分量でようすを見るしかない。

レヴィに魔法で少しずつ乾燥させてもらい、なんとかそれらしい状態にもっていく。

「ちょこえーと、できた!?」

大きな口を開けてかぶりつこうとするラフィから、ぼくは慌ててカカオ豆を避難させた。

「まだだよ。もうちょっと待ってね」

ゴミや不純物を取り除き、レヴィに魔法で作ってもらった鉄鍋で香ばしくローストする。

「ほぁああ、いいにおい！」

今にも飛びかかろうとするラフィを、やけどさせないように鍋から引き離した。

「あとちょっと。もうちょっと待ってね」

むうぅ、とうなり声を上げるラフィにプレッシャーを感じつつ、レヴィに魔法でカカオ豆を実と皮に分離してもらう。できあがったカカオニブをすりつぶして固めたら、ようやくチョコレートの原料、『カカオマス』の完成だ。

「食べていい？」

「だーめ。このまま食べても甘くないよ」

勢いよく飛びかかってきたラフィから、ひょいっとすり鉢を遠ざける。勢い余って顔面から地面に突っ伏し、ラフィは「ふみゃぁ！」と悲鳴を上げた。

「ラフィ、だいじょうぶ？　本当にあとちょっとだから、もう少しだけ我慢してね」

「もうこれ以上待てないよ！」

涙目になって頬を膨らませるラフィに、ぼくはちいさくため息を吐く。

「あげてもいいけど、本当に全然甘くないよ。苦いけどいい？」

こくこくとうなずき、ラフィは物欲しそうな顔で、じーっとぼくを見上げた。

根負けしたぼくが、固めのペースト状になったカカオマスを少し差し出すと、ラフィは、ぱくっとぼくの手のひらごと食らいついた。

「痛っ……」

カカオマスを頬張り、ラフィは「きゅー！」と悲鳴を上げて、地面に倒れる。

「りと、うそつき！　ぜんぜんおいしくない！」

えぐえぐと泣きながら、ラフィはぼくを責めた。

「だから『苦いよ』っていったのに。カカオマスはチョコレートの材料。砂糖やミルクを加えて、はじめておいしいチョコレートができるんだよ」

酸味が強く、独特の苦みがあるカカオマス。大人だったころのぼくはそのままでも大好きだったけれど、たぶん子どもの舌には、おいしく感じられない食べ物だと思う。

「どれ、いただこうか」

ぬっとレヴィの手が伸びてきて、彼までつまみ食いを始めた。

「ふむ、悪くないね。香(こう)ばしくて深みのある、芳醇(ほうじゅん)な味わいだ」

大人味覚のレヴィには、カカオ一〇〇パーセントのうまみがわかるらしい。

ぼくも試しに食べてみたけれど、身体が子どもなせいか、元の世界で食べたときよりずっと苦く感じられた。

「むむ、苦い……けど、いい酸味だ。今までに食べたことのない爽やかさだな」

コーヒー豆と同じように、カカオ豆も産地によって大きく風味が変わる。この森のカカオは酸味が強くフルーティーで、とても華やかな味わいだ。

「はちみつのまろやかさが加わったら、とんがった酸味に丸みを与えられるはずだ」

口溶けのなめらかなチョコレートを作るには、ていねいにテンパリングする必要がある。だけどたぶん、そんなことをしていたらラフィの機嫌を損ねてしまうだろう。

レヴィの魔法で可能なかぎり工程を短縮し、とろりと溶かしたカカオマスペーストに、先ほどのはちみつを加えてゆく。甘さを調整しながらかき混ぜて器に入れ、レヴィの魔法で冷やし固めて、一口大にカットして手作りのココアパウダーをまぶしたら完成だ。

「ラフィ、できたよ。食べてごらん」

さっきの味見で懲りているのだろう。ラフィはおそるおそる、チョコレートを口に運ぶ。

「ほぁ！　あまあま、とろーり。うまうま！」

ぴょこぴょこ飛び跳ね、ラフィは大はしゃぎする。

「私もいただこう」

チョコレートを口にしたレヴィの目が大きく見開かれる。

「これは……！　なんという甘美な食べ物。舌の上でとろりと蕩けて、口いっぱいにやさしい甘みが広がってゆくね。しかもこっくり濃厚で、いつまでも幸福な余韻が消えてくれない。こんなにおいしい甘味を食べるのは、生まれて初めてだよ」

試しにぼくもひとつ頬張ってみる。うん、とてもおいしい。味見のときにも感じたけれど、酸味の強いこの森のカカオと、熱帯の花々から採取されたはちみつの濃厚な甘さは、ものすごく相性がいいようだ。

「もっとちょうだい！」

ラフィがはちみつチョコレートに勢いよく飛びつく。

「いいよ。だけど、はちみつもカカオもすごく栄養価が高いから、食べ過ぎるとよくないよ。ほどほどにしておいたほうが――」

ぼくのいうことをいっさい聞かず、ラフィは前足で器用にチョコレートを掴んで口いっぱいに頬張った。

「ラフィ。やめなさい」

ぱちん、とレヴィが指を鳴らすと、ラフィの身体がふわりと宙に浮き上がる。

「や、下ろして！　もっと食べるの！」

大暴れするラフィを、レヴィはやさしく抱きしめた。四本の足をばたつかせてあばれるラフィの口元は、チョコレートでべたべただ。

「ダメだよ、ラフィ。この間も、食べ過ぎてお腹を壊したばかりだろう」

レヴィに叱られ、ラフィは「むぅー！」とふてくされてうなり声を上げた。

「もっと食べるー！　食べるー！」

暴れ続けるラフィに、レヴィは呆れたようにため息を吐く。

「リヒト。申し訳ないが、これからもこの『ちょこれいと』とやらを、ラフィのために作りに来てはくれないだろうか」

　厳しく接しながらも、ラフィのことを、とてもかわいがっているのだと思う。

　レヴィに請われ、ぼくはおずおずと頷いた。

「ぼくの作るチョコレートでよかったら、いくらでも作りに来ますよ」

　レヴィの顔が、やわらかくほころぶ。

「ありがとう。きみは本当にいい子だね。お礼のつもりだったのに、これじゃなんのお礼にもなっていないな。リヒト。他に望みはないかい」

「特にないです。あ、もしよかったら、作ったチョコレートを、ぼくの家族にも食べさせてあげたいです。この密林の外には、カカオの木はひとつもないんですよ」

　ぴんっと耳を立て、ラフィがチョコレートに飛びつこうとする。

「だめ、ラフィの！」

　レヴィはラフィを抱く腕に力をこめ、チョコレートから遠ざけた。

「欲張ってはいけないよ、ラフィ。残りは彼の家族の分だ。また今度、作ってもらおう」

「やー、ちょこえいと！　ちょこえいと！」

　よっぽどチョコレートを気に入ってくれたのだと思う。大暴れするラフィに、ぼくはもうひとつだけチョコレートを差し出した。

「レヴィ、あとひとつだけ、あげてもいいですか」

「いいよ！」

レヴィが答える前に、ラフィが前のめりに答える。

「仕方がないなぁ……」

呆れた顔をしながらも、レヴィは承諾してくれた。

「はい。ラフィ、今日はこれで最後だよ」

チョコレートを口に近づけてあげると、ラフィはレヴィの腕を飛び出して、ぱくっとぼくの手ごとチョコレートにかぶりつく。

「はわぁー……しあわせの味！」

とろんと蕩けそうな笑顔で、ラフィはほっぺたを押さえる。あまりにもかわいいその反応に、ぼくは初めてチョコレートを作ったときのことを思い出し、泣けてきそうになった。

『おいしいチョコレートを作って、食べてくれたひとを幸せにしたい』

それが、生まれ変わる前のぼくの、なによりの願いだった。

この世界でも、またチョコレートを作って、こんなふうに喜んでもらえるなんて――。

諦めていた夢を、もういちど叶えられるかもしれない。

「リヒト、きみには本当にお世話になったね。また時間のあるときに、遊びにおいで」

レヴィは雪の結晶のような形をしたキラキラと輝くチャームがついたペンダントを、ぼくの首にかけてくれた。

ひやっとするのではないかと心配だったけれど、胸元に触れても、それは冷たくなかった。

「これは……？」

「私の魔法で作った氷の首飾りだよ。きみは冷たいのが苦手のようだから、肌に触れても冷たさを感じないようにしてある。私やラフィに用事があるときは、これに向かって話しかけてほしい」

トランシーバのようなものだろうか。五百円玉くらいの大きさのチャームは、ガラス細工のように透き通っていて、とても美しい。

「ほぁ、りと、帰っちゃうの!?」

レヴィの腕を抜け出したラフィが、ぎゅ、とぼくの足にしがみつき、さみしそうにぼくを見上げる。

「あまり長い間この森にいると、リヒトの家族は心配するかもしれない。また今度、遊びに来てもらおう」

「やー！　もっといっしょに遊ぶ！」

ぼくの足にぎゅうぎゅうにしがみついたまま、ラフィは離そうとしない。

レヴィのいうとおり、確かにあまり長居をすると、ダニエルたちに心配をかけることになるだろう。

「ラフィ、ごめんね。今日はもう帰るけど、またすぐに遊びに来るから」

「すぐっていつ？　いつ来る？」

前のめりに尋ねられ、たじろぎながら答える。

「んー……明日？」

「あした？」

首をかしげたラフィに、レヴィが「一晩眠って、次の朝が来たら、だよ」と説明した。

「わかった！　ラフィ、はやくリヒトに会えるように、今すぐ寝床に行くね！」

ぴょこん、と飛び跳ね、ラフィは駆けていこうとする。

「ラフィ、残念だけど、早く寝ても、夜が明けるのが早まるわけじゃないよ」

レヴィの言葉は、耳に入っていないようだ。

「よっぽどチョコレートが気に入ったんですね」

ぼくの言葉に、レヴィが目を細める。

「ちょこれいと、だけではないと思うよ。ラフィはきみのことが気に入ったんだ」

一目散に自分の住み処に向かったラフィが、とつぜん足を止め、くるりと振り返る。

てとてとっと駆け寄ってきて、むぎゅーっとぼくに抱きついた。

「りと、待ってるね！　また来てね！」

「え、う、うん……また来るよ」

むいむいとぼくに頬をすり寄せると、ラフィは、ぱっとぼくから離れ、ふたたび駆けていった。

第三章　白虎のレヴィとバナナトリュフ

ダニエルの屋敷に戻ると、血相を変えたアントンが駆け寄ってきた。

「リヒト殿下、いったいどこへ行かれていたのですか！」

勢いよく飛びかかられ、両肩を掴まれる。アントンの太い指が肩に食い込んでとても痛かった。

「い、痛いよ、アントン。離して」

「離して、じゃ、ありません。どこに行っていたのですか」

鼻先が触れるほど顔を近づけられ、あまりにも恐ろしい形相にぎゅっと目を閉じる。

「アントンさん、勘弁してやってください。この年ごろの子どもは、じっとしているのが苦手で、いたずら好きなものですから」

やんわりと、ダニエルが止めに入ってくれた。

「しかし、この領地には呪われた森があるんですよ。殿下の身になにかあったら……っ」

まさにその『呪われた森』に偵察（ていさつ）に行っていたのだけれど。正直にいったら、余計に怒られるだろうか。

「リヒト、怒らないからいってごらん。どこに行っていたんだい」

ダニエルにやさしく問われ、ぼくはポケットからバナナの葉に包まれたチョコレートを取り出した。

「心配かけてごめんなさい。実は、チョコレートっていうお菓子を作っていたんです」

「ちょこれーと？」

不思議そうな顔で、ダニエルはバナナの葉の上の焦げ茶色の物体を見つめる。

ちいさな四角形に切り分けたチョコレート。こちらの世界にはあまり黒っぽい食べ物はないから、味の想像がつかずに不安なのかもしれない。

「よかったら、食べてみてください。とてもおいしいお菓子なんです」

おそるおそる口に運び、しばらく味わった後、ダニエルは大きく目を見開いた。

「これは……すばらしい味わいだね！　こんなにも濃厚な菓子は、今までに一度も食べたことがないよ。いったいどんな材料を使ったら、こんなにおいしい菓子が作れるんだい」

「ええと、それは……」

じっと様子を見守っていたアントンが、身を乗り出すようにしてバナナの葉の上のチョコレートを凝視する。

「アントンの分もあるよ。ほら、アントンにはこっちの――」

ダニエルにあげたのと同じ、はちみつ控えめ、ビターなチョコレートをあげようとしたのに。アントンの視線は、甘いチョコレートのほうに向いている。

「こっちは甘いやつだよ。甘いののほうがいいの？」

間髪入れずに頷いたアントンに、ぼくは甘いはちみつチョコレートをあげた。

困ったな。リィナの分にするつもりだったけれど。彼女にはビターなほうをあげるしかない。

大口を開けて豪快に放り込むと、アントンは雄叫（おたけ）びをあげた。

「うおおおおお！　なんというまさ！　この世にこんなにも美味な菓子があるなんてっ。殿下、いったいどこで手に入れたんですかっ」

アントンのあまりの興奮具合に、心配顔のリィナが飛んできた。

「リヒトちゃん、大丈夫？　なにがあったの」

「ほら、アントン。アントンがあんまり騒ぐから、お母さまがすっごく心配してるよ」

「いや、しかし殿下、これはどう考えても叫びたくなるうまさですよ」

「叫ぶの禁止。あと、『殿下』って呼ぶのも禁止。ぼくはもう王子じゃないんだ」

「無理ですよ、そんなの。殿下は殿下です！」

「殿下は王族につける敬称だよ。おかしいってば」

「おかしくても構いません。殿下は私の主（あるじ）なのですから」

「ぼくはもう平民なんだ。騎士を雇うお金なんかないよ」

「お金の問題じゃありません」

「お金の問題だよ！」

言い合うぼくとアントンを見て、リィナとダニエルがおかしそうに吹き出す。

「リヒトちゃんとアントンさんは、本当に仲良しさんですね」

「仲良しじゃありません！」

「仲良しじゃない？　ひ、酷いです。殿下っ、こんなにもお慕いしているというのに」

大げさに落胆するアントンの姿に、ダニエルとリィナが声をたてて笑った。

お金を稼げないぼくは、アントンを養えない。食事代や諸々のお金を負担するのはダニエルたちなのに。ちっとも気にしている様子がない。

二人はニコニコ顔で、ぼくとアントンを眺めている。

微塵も愛情を感じることのなかった王宮での暮らしと違い、ここでの暮らしは愛にあふれていて、とても温かく、ぼくにとってかけがえのない大切なものになりつつある。

「リヒト、きみは本当にやさしい子だね。こんなにもおいしい菓子、私がきみくらいの年ごろなら、誰にも見つからないよう、こっそりひとりで全部食べてしまっただろうに。わざわざ私たちのために、持って帰ってきてくれたんだね」

ダニエルが、しみじみとした口調で呟く。

「やさしい、とかじゃなくて、ぼく、単純に、おいしいものを食べて笑顔になるひとを見るのが、大好きなんです。誰かを笑顔にするために、おいしいものを作るのが好き」

ショコラティエだったころの、ぼくの望みはただひとつ。『チョコレートでみんなを笑顔にすること』だった。

世界から諍(いさか)いをなくしたい。戦争のない平和な時代を作りたい。

そんな願いを抱いたって、しょせん、庶民のぼくには叶えることは不可能だった。

だけど、おいしいチョコレートを作ることで、それを口にした、ほんのひとときだけでも、幸せいっぱい、やさしい気持ちになってもらえるんじゃないかって、考えていたんだ。

「リヒト。それを、『やさしい』っていうんだよ。誰かを笑顔にしたい、と願うその気持ちが、きみの持つやさしさの証しなんだ」

ダニエルの大きな手のひらが、ぼくの頭にぽん、と載せられる。やさしく髪を撫でられ、ぼくは動揺した。

「お、お父さまっ。こういうのはもっとちっちゃな子にするもので……っ、ご、五歳のぼくには、なんていうか……っ」

慌てふためくぼくに、ダニエルは申し訳なさそうな顔をする。

「ああ、ごめん。嫌だったかい。嫌ならもうしない」

頭から手を離され、なぜだかしょんぼりした気持ちになった。

「ダニエルさん、殿下は嫌がってなんかいませんよ。これは、嬉しいときの顔です。殿下はあなたに頭を撫でてもらえて、大喜びしているんです。長年仕えておりますから、自分の目に狂いはありません」

「ち、ちが、喜んでなんか……っ」

じんじんと頬が熱くなる。必死で表情を改めようとして、どんなに頑張ってもどうにもならなかった。

ダニエルの腕が伸びてきて、不意打ちのようにハグをされた。ぎゅっと抱きしめられ、顎で頭をぐりぐりするみたいにして、髪を撫でられる。

「こんなことで喜ぶなんて。王宮ではよっぽどスキンシップ不足だったんだね。私たち家族でよかったら、いくらでも撫でてあげるよ。リヒトはすぐ、『もう五歳だから』『五歳なので』というけれど。五歳というのは、まだ幼子（おさなご）だ。まわりにひたすら愛されて大切にされて、かわいがられる年齢なんだよ」

どうしよう。こらえていたものが、全部、あふれ出してしまいそうだ。

王宮での辛かった日々を思い出し、ぽろぽろと涙が溢れてきた。

「リヒトちゃん、大丈夫？」

心配そうに、リィナが背中を撫でてくれた。やさしくて、あったかな手のひら。

ぼくには、この世界の母親の記憶がひとかけらもないから。遠い昔、前世での子ども時代のことを思い出して、余計に涙が溢れてきた。

あちらの世界の母は、今も元気で暮らしているだろうか。父は、どうだろう。

先に逝った親不孝なぼくのことを、どう思っているだろう。

しばらく泣いた後、急に我にかえって照れくさくなってきた。

ダニエルの腕から抜け出すと、リィナがやさしい笑顔でバナナの葉をぼくの鼻先に突き出してきた。

「リヒトちゃん。とってもおいしいお菓子をありがとう。ところでこの葉っぱ、どこで手に入れたのかしら。この界隈の葉っぱじゃないわよね」

にっこり微笑んだまま問われ、ぼくは慌ててアントンの後ろに隠れた。

「え、えっと……っ」

「リヒトちゃん。『密林には絶対に近づかない』って、お約束したわよね？」

「「密林!?」」

アントンとダニエルが同時に叫ぶ。

「殿下、いったいなにを考えているんですか！」

アントンに険しい声音で問いただされ、ぼくは言い逃れできなくなってしまった。

ダニエルとアントン、リィナの三人にこってり絞られ、二度と密林に近づかないよう念を押される。

「そのことなんですけど……この菓子を食べて、お父さま、どう思いましたか」

「どうって、今までに食べたことがないくらい、おいしい菓子だと思ったよ」

以前ぼくがいた世界で、たくさんのひとを魅了し続けていた至高のお菓子、チョコレート。ダニエルたちの反応を見るに、おそらくこの世界のひとたちにとっても、とても魅力的なお菓子なのだと思う。

「このお菓子を量産できたら、領地の特産品にできると思うんです。よそでは手に入らないから、高めの値段をつけても売れると思いますし」

川で溺（おぼ）れている不思議な生き物を助けたこと。その生き物、カーバンクルが、助けたお礼に密林に連れて行ってくれたことを告げると、みるみるうちにダニエルは顔を曇らせた。

「たしかにこの菓子には、とても魅力があると思う。だけど、密林は危険な場所だ。これ以上、きみを危険な目に遭わせるわけにはいかないよ」

「そうですよ、殿下。なにごとも『命あってこそ』です。ましてやカーバンクルだの白虎だの……獣なんて、いつ我々人間に牙を剥くかわからぬのですよ」

ダニエルだけでなく、アントンまで眉間に皺を寄せる。

「ラフィもレヴィも、すっごくいい獣なんだよ。ぼくを襲ったりなんて、絶対にしない」

「なにを根拠（こんきょ）に、そんなことがいえるんですか」

アントンに問われ、ぼくはどう言い返していいのかわからなくなった。

根拠なんかない。それでも、彼らが自分を襲うところなんて、想像がつかないのだ。

「リヒト。この地を大切に思ってくれる気持ちはありがたいけれど、やはりダメだ。密林は危険すぎる。二度と近づかないと、父さんと約束してほしい」

ダニエルはそういって、ぼくに拳を突き出した。『ゆびきりげんまん』みたいなものだと思う。こちらの世界では、拳と拳をぶつけあって、約束を誓い合う習慣がある。

「ごめんなさい。また会いに行くって、約束しちゃったから……」

チョコレートを食べて大喜びしていたラフィの姿を思い出す。二度と食べられないと知れば、とてもショックを受けるだろう。

「ダメですよ、殿下！」

眉をつり上げ、アントンがぼくの肩を掴む。

「ダメっていわれても、約束は約束だから。守らないわけにはいかないよ！」

ぼくとアントンを見やり、ダニエルがちいさくため息を吐く。

「アントンさん、これ以上は危険だ。リヒトはやさしい子だけれど、こうと決めたら、それを貫き通す強さを持っている。私たちがどんなに止めても、きっと隠れて行くだろう。そうだね、リヒト」

ぼくはダニエルを見上げ、おずおずと頷いた。

「ひとりで勝手に行くのだけは、二度としないで欲しい。いいね、次に密林に行くときは、必ず私に声をかけること。リヒトをひとりで危険な目に遭わせるわけにはいかない。私もいっしょに行くよ」

「あなた……！」

リィナが心配そうにダニエルを見上げる。

「ご安心ください。自分も同行します。絶対に彼らを守ってみせますから！」

アントンが力強い声でリィナに宣言した。

「こ、来なくていいよっ……」

アントンみたいな大男がついてきたら、逆に森の獣たちがびっくりしてしまうだろう。

慌てふためくぼくの頬を、アントンは、むいっと摑む。

「ダニエルさんのときは嫌がらないのに、なんで俺のときだけ嫌がるんですか！」

「や、だってアントン、でかいし、森のみんながびっくりしちゃうよっ」

「なにいってるんですか。ビビらせるくらいじゃなくちゃダメですよ。誰も殿下に手出しできないように、皆でしっかり守らないと。ダニエルさん、密林に行くのなら、ひとりでも人員が多いほうがいい。腕っ節の強い男衆に声をかけて、きっちり武器をそろえていきましょう」

「そうですね、アントンさん」

「鍛錬の成果を、殿下に披露できますね」

ええ、とうなずき、ダニエルは領地の皆に声をかけに行こうとする、

「ちょ、ちょっと待って。武器とか必要ないから。やめて！」

必死で止めたけれど、アントンもダニエルもやる気満々だ。

翌朝、ぼくは武装したアントンとダニエル、総勢十七名の領民たちを引き連れ、密林に向かうことになった。


記憶を頼りに、昨日ラフィに出会った場所に向かい、臨戦態勢のアントンたちに怯みながら、そっと氷のペンダントに話しかける。

「おはようございます。レヴィ、聞こえますか。密林のみんなのことを勘違いしてるみたいで、物騒な武器を持ったひとが、たくさんついてきちゃったんだけど……」

レヴィにはこちらのようすが見えているのかもしれない。おかしそうに吹き出す声が、どこからともなく聞こえてきた。

「無理もないよ。きみたち人間は、極端に僕らのことを恐れているからね。まあ、実際に僕も、この森の仲間を傷つける人間には容赦しないけどね」

やさしい声でさらりといわれ、ぼくは慌てて首を振った。

「絶対に森の獣たちを傷つけたりしません。レヴィ、領主ダニエルと会ってくれませんか。

一度会えばわかると思うんです。彼はとてもやさしくて、善良なひとなので」

ペンダントのチャームに向かって話しかけるぼくに、ダニエルが怪訝な顔を向けてくる。

「リヒト、いったい誰と話しているんだい」

「え、あ、えっと……この森の、長と会話を……」

周囲を見回し、皆が長の姿を探し始める。

「レヴィ、おねがいします。ほんの少しでいい。領主だけでも、中に入れていただけませんか」

「申し訳ないけれど、リヒトの頼みでも、それは聞けないな。武装した人間を、森に入れるわけにはいかない」

「そこをなんとか――」

食い下がるぼくの言葉を、レヴィはやんわりと遮った。

「ダメだよ。だけど、僕がそちらに行くことならできる。少しの間なら、泉を離れても問題ないからね」

ふわりと氷のペンダントが宙に舞い上がる。まばゆい光が弾け、ぼくは思わず目を閉じた。おそるおそる開くと、目の前にはカーバンクルのラフィを抱っこした、人間姿のレヴィが立っていた。相変わらず虎耳と長い尻尾はついたままだけれど。それ以外はどこからどう見ても人間に見える、ほっそりした美しい男性の姿だ。

「はじめまして。あなたが領主のダニエルさんかな」

向こうの世界でいうところの握手のようなものだと思う。こちらの世界では、初対面の相手や久々に会う相手に手のひらを差し出し、互いにぴったりとくっつけあう習慣がある。『私は武器を持っていません。あなたに敵意を抱いていませんよ』と、丸腰であることを示すための行為なのだそうだ。

どこで学んだのか、レヴィはその習慣を知っているらしい。

ダニエルは弓を手にしたまま、ぼくに探るような視線を向けてくる。ぼくは、こくっとうなずき、目線で武器を置くよう促した。

「彼はこの密林の長、レヴィ。この子はカーバンクルのラフィだよ」

緊迫した空気。少しでも場が和(なご)むように、明るい声で皆に紹介した。

ダニエルはしばらく二人を観察した後、おずおずと弓を地面に置き、差し出されたレヴィの手のひらに、自分の手のひらを重ね合わせる。

「この領地の主、ダニエルです」

レヴィは、にこっと微笑むと、ダニエルの手に自分の指を絡ませ、ぎゅっと握りしめた。

「あなたがここの主になってから、我が森への干渉がなくなりました。あなたのおかげですね。心から感謝していますよ」

「そ、それはどうも……」

獣人と会うのが、初めてなのかもしれない。緊張気味に、ダニエルは笑顔を浮かべる。

「ダニエル、いいニンゲン！　心、きれいきれい！」

レヴィの腕のなかから身を乗り出すようにして、ラフィが歌うように叫ぶ。

ラフィは次にダニエルの隣に立つアントンに目を向け、むぅっと頬を膨らませた。

「どうしたの、ラフィ」

「アントン、心、きれいきれい。でも、ボクらのこと、殺そうとしてる」

「アントン、だめだよ！」

ぼくは慌てて、アントンとラフィの間に割って入った。

「自分の役目は、あらゆる危険から殿下をお守りすることです。たとえ姿形がかわいらしい幼獣であっても、殿下に害をなすようなら、迷わず切り捨てます！」

腰の刀に手をやり、アントンがラフィを睨みつける。

「アントン。何度もいうようだけど、ぼくはもう王子じゃないから『殿下』なんて呼ばれても困るし、ぼくを守るのは、アントンの仕事じゃないよ」

王立騎士団の騎士と王子だった以前と違い、ぼくはダニエル家の養子で、アントンはただの居候だ。そこに主従関係は存在しない。

「いいえ、今も変わりません。自分はリヒト殿下をお守りするためにここにいるのです！」

今にも剣を抜きそうなアントンに、レヴィはにっこりと微笑んで手のひらを差し出す。

アントンはしばらくレヴィを睨み続けた後、刀から手を離し、根負けしたようにレヴィの手に自分の手を叩きつけた。アントンの無礼な態度にも、レヴィは笑顔を崩さない。

「ぼく、約束どおりチョコレートを作りに来たんだけど……出直した方がいいかな」

「ちょこえーと！」

ぴーんと長い耳を立て、ラフィがぼくに飛びつく。即座にアントンが剣を抜き、切っ先をラフィに向けた。

「アントン！」

ぼくはとっさにラフィを抱き寄せ、自分の背に隠して守る。

「このとおり、ラフィはリヒトのことが大好きなのです。決して傷つけたりしない」

レヴィにたしなめられ、アントンは苛立たしげに刀を鞘にしまった。

「万が一、かすり傷ひとつつけてみろ。貴様も、この幼獣もただではおかぬ」

殺気立った大男、アントンに凄まれても、レヴィはまったく動じる様子がない。

当然といえば当然かもしれない。彼の正体は、人間の何倍も大きな、白虎なのだから。

「ありえませんね。ラフィとリヒトは仲のいい友だちなのです。さあ、こんなところに長居をしても、なにもいいことはない。リヒト、行きましょう。ダニエルさん、息子さんをお借りしますね。日没までには必ず屋敷に送り届けますから、ご安心ください」

「殿下だけを森に連れて行く気か。許さんぞ！」

異を唱えたアントンに、レヴィはにっこりと微笑む。

「威勢がいいのは結構ですが、あなたのように短気で騒がしい人間を、我々の森に入れるわけにはいきません。無理に入ろうとすれば、命を落とすことになりますよ」

「貴様……っ」

「アントン、やめて。無理だ。いくらアントンが国いちばんの騎士でも、レヴィの魔法には敵わない」

「やってみなければわかりません。私は殿下のためなら命など――」

うんざりした顔で、レヴィが、ぱちんと指を鳴らす。すると、アントンの身体が巨大なシャボン玉のようなものに閉じ込められた。

「さあ、行きましょう。それでは、ダニエルさん。また後ほど。ご子息をお借りしますね」

涼やかな声でダニエルに告げると、レヴィはぼくの肩を抱く。

「殿下！　殿下ーっ！」

巨大なシャボン玉のなか。閉じ込められたアントンが、ぼくを必死で呼んでいる。

ぼくのことを大事に思ってくれているのはとてもありがたいけれど、正直、今回はレヴィの話をちゃんと聞こうとしなかったアントンが悪い。

「おいしいチョコをお土産(みやげ)に持って帰るよ」

アントンにそう告げ、ぼくはラフィを抱き上げた。

広大な密林のなかには、予想以上にたくさんカカオが自生していた。昨日収穫した場所だけでなく、他にもカカオの自生している場所がいくつもあるのだ。

「すごい。こんなにたくさんあるんですね！」

「ちょこえーと、いっぱい！」

大喜びして、ラフィがぴょんぴょん飛び跳ねる。

「レヴィ、お願いがあるんだけど……カカオの実を、ぼくに売ってくれませんか」

レヴィはちらりとぼくを見ると、おかしそうに吹き出した。

「見ての通り、この森には人間の作った『お金』を使える場所なんてない。ここでは、お金にはなんの価値もないんだよ。それこそ、木の実以下の存在だ」

いわれてみれば、確かにそうだ。木の実は腹を満たせるけれど、どこに行っても使えない『お金』なんて、持っていたってなんの意味もない。

「お金以外だと、なになら喜んでもらえますか」

「んー、そうだなぁ……。あの口やかましい大男の肉とかかな」

「えっ……」

びくっと身体をこわばらせたぼくに、レヴィはにっこり微笑んでみせる。

「冗談だよ。あんな男の肉を食べたら、腹を壊しそうだ」

虫も殺さぬような可憐な笑顔でいうと、レヴィはぼくに向き直った。

「そうだな。実はこの子、ラフィは少し変わっていてね。この森の獣たちは森での暮らしに満足していて、外の世界に出ようなんて考えもしないんだけど。この子だけはやたらと外に出たがるんだ。未知の場所に行き、他の生き物と交流するのが大好きなんだよ」

レヴィの隣で、ラフィがこくこくと頷く。

「ただ、このとおり、この子はうっかりなところがあるし、純真な子だからね。悪い人間や獣に傷つけられるんじゃないかって不安でたまらないんだよ。僕がいっしょに行ってあげられたらいいんだけど。僕はこの密林から離れるわけにはいかないんだ」

レヴィによると、この密林は魔獣や聖獣、幻獣の生まれ出る場所なのだそうだ。あまりにも強く、凶悪な魔獣がこの世に放たれると、世界は混乱に陥ることになる。

生まれたばかりの獣たちの生育を見守り、この世界の生態系を壊す危険性のある獣の魔力を吸収して『調整』を施すのが、長であるレヴィの務めなのだそうだ。

「もしかして、だからレヴィは、いろんな魔法が使えるんですか」

「そういうこと。僕が生まれたときに持っていた魔法は『他者から魔力を吸収する魔法』だけだったんだ。吸収した魔力は僕のものになるから、使える魔法の種類がどんどん増えていくんだよ」

「それって、吸収すればするほど、レヴィの魔力が増えるってことですか」

「そうみたいだね」

さらりと笑顔でいってのけるけれど、それってとんでもないことじゃないだろうか。百体の魔獣から魔力を吸収すれば、単純に考えて一般的な魔獣の百倍の魔力を持つことになる。

いつもニコニコしているし、物腰が柔らかだから気づけなかったけれど。もしかしたら、彼は世界でも最強クラスの魔力を持っている獣なのではないだろうか。

「そういうわけだから、僕はラフィの『外の世界を見たい』って望みを叶えてあげられない。リヒト、きみが代わりに、ラフィに外の世界を見せてあげてくれないかな」

「まだ子どもなので、ぼくもそんなに遠い場所には行けませんよ」

「遠くなくてもいいんだよ。この子の目には、きっとどんな場所だって新鮮に映るだろうからね。それに、いつかはきみも大人になる。大人になれば、もっと広い世界を見せてあげられるだろう?」

「ずっと、ラフィのそばにいて欲しいってことですね」

「そういうこと。ラフィの友だちになってあげて欲しいんだよ。ダメかな」

「ラフィは、ぼくでいいの?」

「りとがいい!」

むぎゅっとぼくの足に飛びつき、ラフィが叫ぶ。

「こう見えてラフィは選り好みが激しいんだよ。この子には心の清濁が見えてしまうからね。心のきれいな者にしか、決して懐こうとしない」

「りと、心、きれいきれい！　ラフィ、りと、だいすき！」

正直にいえば、心のきれいさには自信がないけれど、ラフィがいいといってくれているのだから、受け入れるべきかもしれない。ぼくもラフィの無邪気さは、嫌いじゃない。見ていてとても心が癒やされるのだ。

「わかりました。ずっとラフィのそばにいます」

「やった！」

よじよじとぼくの身体をよじのぼり、ラフィはぼくの胸に頬をすり寄せる。ふわふわの毛がくすぐったくて、だけどあったかくて、ずっと抱っこしていたい気持ちになった。

「交渉成立だね。リヒト、この森のカカオは、好きに使っていいよ」

「ありがとうございますっ。あ、でも、たくさん使ったら、いつかはなくなっちゃいますよね。もし、植えられる場所があれば、種をまいて育てたいんですけど……」

「好きにしたらいい。この森の生態系を壊さない範囲なら、自由にして構わないよ」

「ありがとうございます！」

「ちょこえーと！」

レヴィは、獣の生まれ出ずる場所、泉のほとりに戻らなくてはいけないのだそうだ。

すっかりチョコレート好きになったラフィが、「お手伝いする！」と張り切って、収穫や種を植えられそうな場所を探すのを手伝ってくれた。


人間が森に入ってくるのは、とても珍しいらしい。最初のうちは遠巻きに眺めていた獣たちも、ラフィが楽しそうにしている姿に興味を引かれたのか、少しずつ近寄ってきてくれるようになった。

「きみたちも、やってみる？」

人間の言葉は、通じない獣が多いみたいだ。

「みーみー、きゅー！」

ラフィが獣の言葉で話しかけると、彼らはそばに来ていっしょに収穫作業をしてくれた。うさぎや狼、子熊など、見たことのある動物に似た獣もいれば、初めて見る形の獣もいる。コミカルな動きでみんなかわいらしい。

「みんなが手伝ってくれたから、たくさん収穫できたね。あんまり穫りすぎるとなくなっちゃうから、これくらいにしておこう」

収穫したカカオの実を分担して運び、レヴィのもとに向かう。

泉のほとりに木材を組み合わせて作った即席の大きな作業台を設置し、レヴィの魔法で発酵、乾燥してもらい、できあがったカカオマスを使ってチョコレート作りに取りかかる。

「みんなで食べるには、かさ増しをしたほうがよさそうだね」

せっかくだから、お手伝いしてくれた獣たち全員に、チョコレートを振る舞いたい。

カカオの量が足りなくなりそうで心配だから、ナーロ、ぼくの暮らしていた世界でいうところのバナナを使って、バナナトリュフを作ることにした。

軽く潰したバナナに柑橘系の果汁とはちみつを加えて混ぜ、フィリングを作る。チョコレートでコーティングして、ココナッツそっくりな実の胚乳(はいにゅう)をレヴィの魔法で乾燥させてもらって作ったココナッツパウダーをまぶし、てっぺんにクランベリーのような赤い実を乾燥させたものを載せたら、完成だ。

「じゃあ、食べてみようか」

「食べるー！」

大はしゃぎのラフィをはじめ、獣たちが瞳を輝かせて集まってくる。

一粒ずつトリュフを配り、レヴィにも手渡した。

「ほぁ、ちょこえーと、きれい！」

大きく目を見開き、ラフィが叫ぶ。

「チョコレートはね、舌だけでなく、目でも楽しめる芸術品なんだよ」

んーっとほっぺたを押さえ、ラフィはゆっさゆっさと身体を揺する。

「大好きなバナナ（ナーロ）と、ちょこえーと。おいしいとおいしい、がったーい。いっぱいいっぱいおいしい！」

くるくるとバレリーナみたいに片足でまわり続け、ラフィは目を回して、ばたんと倒れてしまった。

「ラフィ、大丈夫？」

「だいじょぶー。とろとろナーロとあまあまちょこえーと、お口、しあわせいっぱい！」

ふみゅう、と満足げな鳴き声を上げ、ラフィは大の字になって地面に寝転ぶ。

「みーみ！」

「きゅううー！」

他の獣たちも、次々と歓声を上げた。よかった、気に入ってくれたみたいだ。

「昨日のちょこれいともおいしかったけれど、今日のは、また格別だね。ナーロの甘さとちょこれいとのほろ苦さのバランスが最高だ」

ラフィや獣たちのは甘く、レヴィのは、ほろ苦に仕上げた。バナナのこっくりした甘さと、ほろ苦く酸味の利いたチョコレートの組み合わせを楽しんでもらいたかったからだ。

予想どおり、大人のレヴィは、ほろ苦さを気に入ってくれたらしい。

「気に入ってもらえてよかったです」

「それにしても、マプラーオにこんな食べ方があるなんて。知らなかったな」

レヴィが感心したように、ココナッツ風パウダーを眺める。この世界ではココナッツに似た実のことをマプラーオと呼ぶらしい。初めて聞く単語だ。五歳児のぼくには難しくて、うまく発音できそうにない。

「亜熱帯の食材は、チョコレートと相性のよいものが多いんですよ」

カカオはもともと暑い地方の植物だから、暑い地方のフルーツと合わせると、より魅力が引き立つのかもしれない。バナナやココナッツ以外にも、パッションフルーツやマンゴーも、チョコレートの風味をとても引き立ててくれる印象だ。

「まさか、あの硬くて食べられそうにない実が、こんなにもおいしいお菓子になるとはね」

感心するレヴィの隣で、ぼくもバナナトリュフを試食してみた。

ぱりっと小気味よい食感のビターチョコレートの中から、とろりと濃厚なバナナフィリングが溢れ出す。ココナッツパウダーの粒々した食感とミルキーな甘味、赤い果実の爽やかな甘酸っぱさ。食感も味わいも異なる複数の食材が生み出すハーモニーが極上の音色を奏でてくれる。

しかもこのカカオ、ぼくのいた世界のどの品種とも異なる、独特の味わいだ。酸味が強いのに、えぐみはなく、すっきりとクリアな味わい。なんともいえないコクが、食べ終えたあともいつまでも口のなかに残っている。

　ここにはチョコレートづくりに欠かせない温度計も専用の調理器具もないから大変だとは思うけれど、きっとこの豆の魅力を最大限に生かせば、今までに誰も食べたことのない、すばらしいチョコレートを生み出せるだろう。

「バナナの葉に冷却の魔法をかけて欲しいんです」とお願いすると、レヴィは魔法をかけてくれた。一瞬で冷え冷えになった葉っぱ。これなら、溶かさずチョコレートを運べそうだ。

　帰宅しようとしたぼくに、ラフィがさみしがってくっついてきた。

「ラフィ、りととといっしょ、行く！」

「ああ、行っておいで。このお守りが、必ずラフィのことを守ってくれる。だから安心して行っておいで」

　レヴィはラフィの首にペンダントをかける。チャームはぼくにくれたのと同じような雪の結晶の形をしているけれど、色は淡い翡翠色だ。チャームがぱぁっと光を放ち、ラフィの身体がみるみるうちに人間の幼児の姿になった。

「ラフィ……？」

「ほぁ、りととおそろい！　ラフィ、ニンゲンになっちゃった」

　ふわふわの白銀の髪に、にょきっと純白のウサギ耳。お尻からはもふもふ大きな尻尾が生えているけれど、白いシャツに淡いブルーの半ズボンをまとったその姿は、どこからどう見ても人間の子どもだ。しかも、顔立ちの印象はカーバンクルのときと変わらず、目がくりっと大きくて、ぷくぷくほっぺで、とても愛らしい。

「カーバンクルの額の魔石は、富と幸せを呼ぶといわれていてね。昔から狙われやすいんだ。人間の姿をしていれば、前髪で額の魔石も隠せるし、集落の人たちに紛れられるだろう？」

うさ耳しっぽは別の意味で目立ちそうな気がするけれど、確かにカーバンクル姿のままよりは、目立たないかもしれない。

「気をつけて行っておいで。リヒト、ラフィを頼むよ。なにかあったら、そのペンダントに話しかけてほしい。どんなに遠くにいても、ちゃんと声は届くからね」

「わかりました」

チョコレートづくりのお手伝いをしてくれた獣たちにお礼を伝え、密林の外に出る。

森の外では、ダニエルと領民たちが待っていてくれた。すでに日が傾きはじめているけれどシャボン玉に閉じ込められたアントンは、今も中空に浮かんだままだ。

「ああ、無事でよかった。リヒト、どこにも怪我はないかい？」

心配そうな顔で、ダニエルはぼくの身体が無事かどうかを確かめる。

「大丈夫です。さっき見て分かったと思うんですけど。この森の長、レヴィはすっごくやさしい獣なんです。絶対にぼくを傷つけたりしない」

「ちっともやさしくないじゃないですか！」

シャボン玉のなかでアントンがわめく。

「やさしいよ。自分たちに危害を加えようとするひとにだけ、厳しくするんだ」

レヴィから預かってきた木の枝でシャボン玉をちょんっとつつくと、ぱぁんと音を立てて割れた。どさりと地面に落ち、アントンが腰を押さえて呻く。

「確かに、武器を手放した私たちに対しては、なんの攻撃もしてこなかったね。獣だからといって、皆が凶暴なわけではないのかもしれない」

ふむ、と頷くダニエルに、ぼくはバナナの葉にくるまれたチョコレートを差し出した。

「今日もチョコレートを作ってきたんですけど、試食してもらってもいいですか。昨日よりも手の込んだ菓子で、トリュフっていいます」

ダニエルはチョコレートをつまみ上げると、感嘆のため息を漏らした。

「とてもきれいだね。磨き込まれた石のようにまん丸で、まるで宝石のようだ」

「贈り物に最適だと思いませんか。菓子ではありますが、とっても高価に見える」

チョコレートの褐色と純白のココナッツパウダー。てっぺんに飾られた赤い実がアクセントになって、特別な印象を与える逸品だ。

「確かに。これを贈られたら、感動するだろうね。きっと味も素晴らしいのだろう？」

甘い香りを堪能するかのように鼻先に運び、ダニエルはちいさく深呼吸する。そしてチョコレートを頬張り、大きく目を見開いた。

「これは……！　チョコレートの中に果実を閉じ込めたんだね。まろやかでこっくり甘くて、舌の上で贅沢に蕩けてゆく。あぁ、これは凄い。こんなものを贈られたら、病みつきになってしまうよ。この菓子なしでは、生きていられなくなってしまうだろうね」

よっぽど気に入ってくれたのだと思う。いつになく熱っぽい声で、ダニエルはいった。

「これを、ヴァンダール伯爵に贈ってみてはどうでしょうか」

ヴァンダール伯爵というのは、名もなき荒れ地の隣、強大な兵力を持ち、商業の発達した豊かな領地、ヴァンダール領を治める領主のことだ。

貧しいダニエルを見下し、「治めきれないのなら、ウチが面倒をみてやってもいいぞ」と、ことあるごとに併合（へいごう）を迫ってくる、嫌味な領主らしい。

「とびっきりおいしいチョコレートトリュフを作ってヴァンダール伯爵に献上しましょう。チョコレートなしでは、生きられないようにするんです。そうすれば、お父さまの領地を軽視するようなことは、できなくなるはずです」

名もなき荒れ地の領民たちは、ヴァンダール伯爵領の領民から幾度となく嫌がらせを受けているらしい。

ぼくの提案に、皆がざわめきだった。

「確かにいい案だが、そんなことをしたら貴重なカカオを奪われてしまうのではないかな」

　心配そうにダニエルは顔を曇らせる。

「心配いりません。あの密林の結界は、どんなに強い兵士にも破れません。国いちばんの剣豪（けんごう）アントンでさえレヴィには敵わないのですから」

「別に自分はあの男に負けてなどっ……」

　密林に突っ込もうとしたアントンが、見えない壁に阻まれ、ばちんと思いきり弾き飛ばされる。レヴィの結界だ。諦めず再度突進しようとしたアントンを、ダニエルがやんわりと引き留めた。

「おやめください。アントンさんの身になにかあれば、リヒトが悲しみます」

　ダニエルの言葉に、へにゃっとアントンの顔が崩れる。

「そ、そうですね。この身は殿下をお守りするためのもの。殿下が立派に独り立ちするまでは、自分は絶対に死ぬわけにはいきません」

　よろよろと立ち上がり、アントンがぼくのそばに近づいてくる。

　結界の効果は絶大だ。屈強なアントンがこれだけダメージを食らうのだから、並の兵士なら命を失いかねないだろう。

「それに、もしカカオを盗まれても、作り方を教えなければいいだけです」

　カカオの実自体は、ただの果実だ。発酵させて種子を取り出し、乾燥させてすり潰す。

長い年月をかけて生み出された世紀の発明を、この世界の人が簡単に思いつくとは思えない。

「盗用される心配がないのなら、やってみる価値はあるかもしれないね。実は昨日、初めてこのチョコレートという菓子を食べて以来、私もリィナもあのおいしさで頭がいっぱいなんだ。この菓子には、人を狂わせる魅力がある。きっとヴァンダール伯爵も夢中になるだろうね」

ダニエルはそういって、賛成してくれた。

「このままでも十分おいしいけど、せっかくならヴァンダール伯爵の好物を使って、より夢中にさせたいと思うんです。伯爵の好物、知ってますか」

ぼくの問いに、ダニエルは少し考えるようなしぐさをした後、ちいさく首を振った。

「ずいぶんと美食家で、豪勢な食材を各地から取り寄せているらしいと噂に聞くけれど、食べ物の好みまではわからないな。彼は食道楽でね。おいしいものと酒に目がないんだ」

「酒ですか」

「ああ、酒が大好きでね。特にケラルスの酒が好きなんだ」

ケラルスというのは、サクランボにそっくりの赤いちいさな果実のことだ。

「シェリー酒ですね！　じゃあシェリー酒を使って、最高のボンボンショコラを作ります」

酒を使ったチョコレートは、前世でのぼくの得意とする分野だった。

五歳児のこの身体で酒の味見をするのは難しそうだけれど、ダニエルやアントン、レヴィに協力してもらえば、なんとかなると思う。

「しぇりーしゅ、おいしい？」

うさ耳幼児姿のラフィが瞳をキラキラさせて、ぼくの顔をのぞき込む。

「おいしいけど、ぼくやラフィには強すぎるよ」

「ラフィ、たべたい！　しぇりーしゅ、たべたい！」

大はしゃぎするラフィがかわいそうで、『子どもは食べちゃダメだ』とはいえそうにない。

「ラフィには、はちみつ漬けのケラルスを使ったチョコレートを作ってあげるね」

「はちさんのみつ、すき！」

ぴんっとうさ耳を立て、ラフィは大喜びする。

「そうと決まれば、さっそく準備しなくちゃ。ダニエル、すみません。ちょっと密林にカカオの収穫に行ってきます！」

「戻ってきたばかりなのに、また行くのかい？」

「殿下、ダメですよ。密林になんて、入ったらダメです！」

追いかけてこようとするアントンを素早くかわし、ぼくは雪の結晶型のペンダントへッドに向かって話しかける。

「レヴィさん、もう一度、中に入れていただけませんか。お願いしますっ」

『いいよ、リヒトならいつでも大歓迎だ。おまけは歓迎できないけれどね』

　こちらのようすが見えているのだろうか。アントンの身体が、またもやシャボン玉のような膜に包まれる。ぼくとラフィは顔を見合わせ、手をつないで密林に駆け込んだ。

第四章　ヴァンダール伯爵とさくらんぼのボンボンショコラ

翌日、できあがったボンボンショコラを手に、ぼくとダニエルは馬車で伯爵領に向かった。

ヴァンダール伯爵の領地は、名もなき荒れ地とは比べ物にならないくらい栄えている。

「ほぁ、すごい……！」

うさ耳幼児姿のラフィが、馬車から身を乗り出すようにして歓声を上げる。石畳の道の両脇にずらりと屋台が並ぶ光景は、王都で育ったぼくの目から見ても圧巻だった。

たわわに実った果実を山積みにした店、色とりどりの花を売る店、揚げ菓子や焼き菓子を売る店などが、所狭しとひしめき合っている。

にぎやかな声と、おいしそうな匂い。今すぐ馬車から飛び降りて、食べ歩きをしたい衝動に駆られた。ぼく以上に、ラフィは匂いに惹かれているようだ。

「ほぁー……」

よだれを垂らし、屋台の菓子に見惚れている。

「後で食べ歩きに行こうね。ヴァンダール伯爵への献上が先だ」

おりこうにしていたらチョコレートをあげるよ、と耳元でささやくと、ラフィはこくこく頷いて、ぎゅっと拳を握りしめて屋台の誘惑を我慢してくれた。

ヴァンダール伯爵の屋敷は、大きくて、とても立派な邸宅だった。

広大な敷地に、瀟洒な装飾の施された白亜の館。庭には美しい花々が咲き乱れている。

正門には詰め所があり、軍服を着た男が座っていた。

ダニエルは彼に、ヴァンダール伯爵と面談の約束がある旨を告げる。

「地方領主ごときが、こんなにも豪華な屋敷で暮らしているとは……」

護衛兼、御者として同行したアントンが、あきれ顔で屋敷を見上げる。

「ヴァンダール伯爵とそのお父上は、とても優秀な方なのですよ。先々代までは、この地も農業が中心の寂れた土地だったそうです。それが、今では国有数の商業都市です。東方から、火薬を初めてこの大陸に持ち込んだのが、ヴァンダール伯爵のお父上なのです。火薬で得た富で、次々と異国から珍しいものを仕入れては、この国に新しい流行を生み出しています」

「血に汚れた金で建てた館、ってことか」

ふん、と鼻を鳴らすアントンに、ぼくは小声で「アントンも戦が仕事だったよね」と告げる。

「騎士の職務は、殿下をはじめ、王家の人々や国民を守ることです。金のために誰彼構わず殺すような俗な仕事ではありません」

騎士の仕事に、心から誇りを持っていたのだと思う。それなのにぼくのせいで、仕事を辞めさせることになってしまった。

「アントンは後悔していないの？　騎士団を辞めて」

ぼくの問いに、アントンはにやりと笑ってみせる。

「後悔など、微塵もありませんよ。己の息子の命さえ大切にできぬ王に仕えるなど、こっちから願い下げです」

強がっているのではないかと心配になり、こっそりとラフィに尋ねる。

「ラフィ、アントン、嘘ついてない？」

「ついてないよ！　アントン、足くさいけど、心きれいきれい！」

「足くさいってなんだ！　足の臭いは心と関係ねーだろ！」

大人げなく怒鳴り散らすアントンから、ラフィは慌てて逃げ出し、ぼくの背後に隠れる。

「このムダにおっきいニンゲン、ラフィ、きらい！」

ぎゅうっとぼくにしがみつき、ラフィは叫んだ。

「しー、ラフィ。静かにして」

ヴァンダール伯爵の従者と思しき男が表門までぼくらを迎えに来た。彼に案内され、屋敷のなかへと足を踏み入れる。

「ほぁ、すごい……！」

天井を見上げるラフィに釣られるように視線を上げると、見事なシャンデリアが視界に飛び込んできた。真鍮（しんちゅう）製だろうか。ゆるやかなカーブを描いたろうそく立てがたくさん連なっている。カーブの先にはリンドウのような花の飾り。ろうそく受けも、バラのような大輪の花を模した形状をしている。

床は乳白色のつやつやした石で、鏡のように磨き込まれている。

ふらふらとどこかに行ってしまいそうなラフィの手をぎゅっと握り、ぼくはダニエルやアントンとともに、従者の後をついて歩いた。

向かった先は、広々とした客間だった。いかにも高級そうなソファやテーブルが並び、壁には大きな肖像画がかかっている。

おそらくヴァンダール伯爵がモデルなのだろうけれど、実物とは似ても似つかないくらい痩せていて顔も美男子に描かれている。ジャラジャラと連なる下品な指輪と首飾りだけが、本人そっくりに見えた。

しばらく客間で待っていると、勿体つけたようにゆっくりとした動作で、でっぷりしたヴァンダール伯爵が入ってきた。

ラフィが「ほぁっ!?」と不思議そうな顔で、肖像画と本人を何度も見比べている。余計なことをいってしまわないように、ぼくは慌ててラフィの口を押さえた。

「お前さんが私を訪ねてくるなんて、珍しいな。いったいなんの用だ。とうとう領地を手放す気になったか」

玉座のごとく豪勢な椅子にふんぞり返り、ヴァンダール伯爵はぼくらを見下ろす。

「閣下は大変な美食家とお聞きします。本日はぜひ、ご賞味いただきたい品があり、献上いたしました」

うやうやしく頭を下げたダニエルを、ヴァンダール伯爵は、ふん、と鼻で笑う。

「構わぬが、私は舌が肥えておるのだ。凡庸なものを食わせたら、承知せぬぞ」

ラフィがぴょこんと飛び跳ね、「舌だけじゃなくて、身体もまん丸！」と叫んだ。

「うわぁあああっ！」

慌ててラフィの口を押さえ、ぼくの背後に隠す。

「なんだと!?」

「な、なんでもありませんっ。ささ、どうぞ。こちらを召し上がってくださいっ……」

さらになにかいおうとするラフィの口を押さえつつ、レヴィの魔法で冷え冷えになったバナナの葉を差し出す。

「なんだ、これは。汚らしい」

眉間にしわを寄せたヴァンダール伯爵の前で、そっと葉を広げる。

バナナの葉の上には、うずらの卵くらいの大きさのチョコレートが三つ並んでいる。真ん中にあるのは、さくらんぼのお酒、シェリー酒をたっぷり使ったボンボンショコラ。楕円形のビターチョコレートのシェルのなかに、シェリー酒と水あめで作ったシロップを閉じ込めている。ひと口かじると、じゅわっとリキュールシロップが溢れ出す、酒好きにはたまらない逸品だ。

「まずはこちら、ボンボンショコラを味わっていただけませんか。さくらんぼ（ケラルス）のお酒を使ったお菓子です」

つやつやした褐色のチョコレート。表面にはさくらんぼ味のアイシングで淡いピンク色のストライプ模様があしらわれている。

「ほう、見た目は悪くないな。初めて見る菓子だ」

野太い指でつまみ上げ、くん、と匂いを嗅ぐ。

「匂いも悪くない。さくらんぼ酒の香りと、ん、なんだ、この香ばしい匂いは」

不思議そうな顔で、ヴァンダール伯爵が鼻をひくつかせる。

「カカオという果実の香りです。どうぞ召し上がってみてください」

ヴァンダール伯爵はじろりとこちらを見た後、ボンボンショコラを口に運ぶ。

噛みしめた瞬間、伯爵はこぼれおちそうなほど大きく目を見開いた。

「なんと……！　いったいどこで、こんなにも美味な菓子を手に入れたのだ⁉」

ぐっと身を乗り出し、ヴァンダール伯爵がダニエルに顔を近づける。

ダニエルはちいさく苦笑し、ぼくに向き直った。

「我が息子、リヒトが作りました」

「ばかをいうな。こんな小さな子どもに、こんなにも繊細で高尚な菓子が作れるわけがないだろう」

「私も最初に食べたときには信じられなかったのですが、本当にリヒトが作ったのですよ。よければ、他の二つも食べてみてください。どれも至福の味わいですよ」

やんわりとほほ笑み、ダニエルが告げる。

むうっと唸り声をあげて、ヴァンダール伯爵はバナナの葉に視線を戻した。

残りの二つは、先日作ったビターチョコレートのバナナトリュフと、新作のミルクチョコレートのなかにカラメリゼしたヘーゼルナッツ風の実を閉じ込めたプラリネだ。

「な、なんだ、この旨さは……！　香ばしいナッツに、ねっとり絡みつく風味豊かな味わい。頼む。教えてくれ。本当はどこで手に入れたんだ。教えてくれたら、いくらでも払う。頼むから教えてくれ！」

プラリネを食べ終えたヴァンダール伯爵が、ダニエルの胸倉を掴んで切羽詰まった声で叫ぶ。

「ですから、息子が作ったとお伝えしたでしょう。幼いながらも、リヒトは菓子作りの名人なんです」

ぐぬぬ、と、うめき声をあげ、ヴァンダール伯爵がぼくを睨む。

「魔法か。魔法を使ったのか」

険しいまなざしで睨みつけられ、たじろぎながら答える。

「いえ、ぼくは魔力がないから、王宮を追われた身です。ふつうに手作りしただけですよ」

「りと、おかしづくり、とってもじょうず！」

ぼくの隣で、元気いっぱいラフィが告げる。

ギリギリと歯ぎしりしながら、ヴァンダール伯爵はぼくを見据えた。

「この菓子をもっと売ってくれ。いくらだ」

真顔で迫られ、ぼくはダニエルと顔を見合わせる。

しばらく勿体つけた後、ぼくは口を開いた。

「貴重な食材を使っている上に、作るのにとても手間がかかるんです。一粒で銀貨一枚です」

「一粒で銀貨一枚!?　私をおちょくっているのかっ」

眉を吊り上げ、ヴァンダール伯爵が怒鳴り散らす。

「いえ。本当に、とても貴重な食材なんです。欲しい方は他にもたくさんいるので、無理に購入しなくてもけっこうです」

バナナトリュフの載ったバナナの葉を、すっとヴァンダール伯爵から遠ざける。

この国の銀貨一枚には、ぼくの暮らしていた世界の、五百円前後の価値がある。

ボンボンショコラ一粒で、五百円。ショコラティエで販売されているボンボンショコラの相場は、日本ではひと粒四百円前後だったから、決してぼったくりとは言えない値段だ。

「待て。待ってくれっ、払う。払えばいいんだろう。払わせてくれ。それを食わせてくれ」

必死の形相で、ヴァンダール伯爵は懇願する。ぼくはにっこり微笑んで告げた。

「買っていただけますか」

「買う！　今すぐ金を払うから、食わせろ」

従者に命じ、ヴァンダール伯爵は金貨を運んで来させた。

「とりあえず、この金貨で買えるだけ、作ってほしい」

この国の金貨は二種類。日本円に換算すると十万円前後になる大金貨と、三万円前後になる小金貨がある。従者が運んできたのは小金貨一枚だから、チョコレート六十個分だ。

「お買い上げありがとうございますっ。作るのにとても時間がかかるので、七日後にお届けしますね」

本当は明日にだって届けられるけれど、ここはじらしたほうがいい。そのほうが、よりチョコレートに対する渇望を引き出せるだろう。

「なんだって。七日!?　そんなにかかるのか」

青ざめた顔で、ヴァンダール伯爵が叫ぶ。

「買うの、やめますか」

すまし顔で、ぼくは金貨をヴァンダール伯爵に返そうとする。

「ま、待て。いや、買う。七日だな。必ず七日後に届けてくれよ！」

よほどチョコレートを気に入ってくれたのだと思う。血走った目でヴァンダール伯爵はぼくに懇願する。

「もちろんです。今回お届けした三種類以外に、新作もお届けしますね。お好みのフルーツやお酒、木の実があれば、教えてください」

「好みに合わせて作ってくれるのか」

「もちろんです」

ぱぁあ、とヴァンダール伯爵が笑顔になる。食べ物に対して、並々ならぬ執着心があるのだろう。最初の顧客として、最高の相手だ。

「それでは、本日はこれで失礼します。急いでチョコレートづくりにとりかかりますね」

「ちょ、ちょっと待ってくれ。おい、木版と筆を持ってこい！」

ヴァンダール伯爵は従者に命じ、ぼくに向き直る。

「木版に、使ってもらいたい食材を書く。だから、待ってくれないか」

「いいですよ。せっかく作るなら、好みの味にしたほうがいいですもんね」

にこっとほほ笑み、ぼくは告げた。

ヴァンダール伯爵は最後のひと粒、バナナトリュフを大切そうに口に運び、「うおー、うまいっ！」と、地響きがしそうなほど巨大な雄たけびを上げた。


屋敷を出るとき、そっと従者が近づいてきた。

「リヒト殿下。あの、もしよかったら私にも四粒、販売していただけませんか。ヴァンダール伯爵のように大量購入はできませんが、家族に一粒ずつ、食べさせてあげたいのです」

ヴァンダール伯爵のあまりの感激ぶりを見て、甘いものが大好きな妻や娘に食べさせてあげたくなったのだという。

「いいですよ。ヴァンダール伯爵のチョコレートをお届けする際に、一緒にお持ちします」

「ありがとうございますっ」

「ずるいぞ、お前だけ。すみません、リヒト殿下、私にも売っていただけませんでしょうか。ぜひ、二粒。婚約者といっしょに、味わってみたいのです」

「お前たち、抜け駆けは許さんぞ」

次々と屋敷中の従者や護衛が駆け寄ってきて、注文してくれた。

ヴァンダール伯爵領を出るころには、チョコレートの依頼は百粒を超えていた。


七日後。ぼくたちは同じメンツでヴァンダール伯爵にチョコレートを献上しにいった。

お出かけが大好きなラフィは、今回も大はしゃぎだ。

「ラフィ、馬車、好き！」

特に馬車に乗るのが好きらしい。楽しそうに歌う、うさ耳ラフィに、どこからともなく蝶や蜂が近づいてくる。密林の昆虫以外も、ラフィに好意的なようだ。蜂はラフィにじゃれつくだけで、決して刺しはしなかった。

前回、もったいつけてなかなか出てこなかったヴァンダール伯爵だけれど、今回はぼくらが到着するのを屋敷の門の前で、今か、今かと待ち構えていた。

「おお、来たか！　さっそく例のものをっ」

ぼくたちが馬車から降りる前に駆け寄ってきて、身を乗り出すようにして手を差し出す。

「どうぞ、こちらです」

レヴィの魔法で冷え冷えになった木箱にバナナの葉を敷き詰め、宝石のようにつややかなボンボンショコラをずらりと並べた豪勢な詰め合わせ。

ヴァンダール伯爵は蓋を開くなり、ぱぁあと顔を輝かせた。

「たくさん購入してくださって、ありがとうございます。今日は、心ばかりの御礼にヴァンダール伯爵の奥さまとお子さまへの贈り物をご用意いたしました」

「妻と子どもに？」

「ええ。奥さまにはフローラルな香りが楽しめる、バラの蜜漬けを使ったローズショコラを。お子さまには、こっくり甘いキャラメルソースをミルクチョコレートで閉じ込めたキャラメルショコラをお持ちしました」

「わ、私から渡しておくっ、貸せ……！」

焦った表情で、ヴァンダール伯爵はぼくからバナナの葉の包みを奪い取ろうとする。

そのとき、背後から女性の声が聞こえてきた。

「あら、あなた。こんなところでなにをしているの」

深紅のバラを思わせる、真っ赤なドレスを身にまとった、勝ち気そうな美しい女性だ。

彼女を見るなり、ヴァンダール伯爵はさぁっと青ざめた。

「な、なんでもないっ……私の客人だ。下がっていなさい」

どうやら、彼女がヴァンダール伯爵の奥方のようだ。

「はじめまして、奥さま。本日は奥さまに、ぜひ食べていただきたい品があり、お持ちいたしました」

「こ、こら、勝手になにをっ……」

ぬっと伸びてきたヴァンダール伯爵の手から素早く逃れ、ぼくはローズショコラの包みを奥方に手渡す。

「なにかしら。まあ、とってもすてきね！」

つやつやの正方形のショコラに、フリーズドライしたバラの花びらと銀色に輝くアラザンをあしらったうつくしいショコラ。ヴァンダール伯爵の奥方は上品な手つきでつまみ上げ、目を閉じてうっとりと香りに酔いしれた。

「まあ、ローゼの香りね。とってもいい香りだわ。それに、お酒の香りもする」

「ええ、ぶどう酒とはちみつに漬けたバラ（ローゼ）を使っているんです、とってもおいしいので、ぜひ食べてみてください」

奥方の隣で、ヴァンダール伯爵が顔面蒼白になって頭を抱えている。そんな彼のようすには気づかず、奥方はチョコレートを頬張った。

「まぁ、とってもおいしいわ。ほんのり苦みのある茶色い菓子と、甘くて濃厚なローゼの蜜漬け。香りも味も、今までに一度も食べたことのない、不思議な取り合わせね！　こんなにもおいしいお菓子、どこで手に入れたの？」

奥方に問われ、ぼくはにっこりとほほ笑んで見せた。

「ぼくが作りました。このお屋敷の庭にたくさんバラが植えられているのを見て、閣下の奥さまは、バラの花がとてもよく似合う、すてきな女性なんだろうなぁと思ったんです」

奥方の頬が、みるみるうちに赤く染まってゆく。

「すばらしいお菓子ね。あなた、この菓子を、もっと味わいたいわ。定期的に届けてもらえるように、してくださらない？」

「ほぇっ、ぁ、あ、ああ……そ、そうだな。だが、この菓子はとてつもなく高価でな」

しどろもどろになるヴァンダール伯爵の抱えた木箱に、奥方は視線を向ける。

「あなた、その木箱はなに？」

「んぁっ、や、や、これはっ……」

慌てて隠そうとしたヴァンダール伯爵に代わって、ラフィが元気いっぱい答えた。

「ちょこえーと！　りとが作ったおいしいちょこえーとが、いーっぱい入ってるよ！」

「うわぁああ、な、なんてことをっ……」

冷ややかな眼差しで、奥方はヴァンダール伯爵を睨みつける。

「あなた、まさかこんなにもおいしい菓子を、独り占めしようとしていたんじゃないでしょうね」

「そ、そんなことはっ……」

あわあわと弁解の言葉を探すヴァンダール伯爵に助け船を出すふりをして、ぼくはとどめの言葉を吐いた。

「そんなことはありませんよ。このバラのショコラは、ヴァンダール伯爵からの奥方へのプレゼントなのです。夫婦そろって楽しみたいから、と、頼まれまして」

「まあ、そうなの、あなた？」

口に手を当て、喜びにあふれた顔で、奥方がヴァンダール伯爵を見つめる。

「ほぇっ、ぁ、ぁ、ああ……と、当然じゃないか。愛する君のために、特別に用意させたのだよ」

もしかしたら、ヴァンダール伯爵は家では奥方の尻に敷かれているのかもしれない。しどろもどろになりながら、必死で笑顔を浮かべている。

「お父さま、お母さま、どうなさったの」

そのとき、屋敷の扉が開き、純白のドレスに身を包んだ、愛らしい二人の少女が姿を現した。奥方そっくりの、きれいな顔をした少女たち。ヴァンダール伯爵の娘さんだろう。

「ちょうどよかった。こちらは、お二人へのプレゼントです。キャラメルソースをたっぷり閉じ込めた、甘くておいしいチョコレートですよ」

ハート形のつやつやしたチョコレート。少女たちは初めて見る菓子に戸惑いながらも、おずおずと口に運んだ。そして、きらきらと瞳を輝かせ、ヴァンダール伯爵にねだる。

「お父さま、このお菓子、とってもおいしいわ。明日から毎日、三時のおやつはこのお菓子にしてちょうだい」

「私も！　とっても気に入ったわ。私のお誕生日会には、このお菓子でお友だちみんなをおもてなししたい」

かわいい娘たちには逆らえないのだと思う。二人にせがまれると、ヴァンダール伯爵は目を白黒させながら、ぼくに向き直った。

「追加の注文を、頼みたいのだが……」

「喜んでお受けします！」

抜け殻のようになりながら、ヴァンダール伯爵は従者に金貨を持ってくるよう依頼する。大金貨三枚の前払いで、定期契約を結んでくれることになった。

独り占めして楽しみたいタイプのヴァンダール伯爵と違い、奥方や娘さんたちは、自分のお気に入りのお菓子を周囲に広めたいタイプのようだ。

あっという間に、チョコレートの噂は、ヴァンダール伯爵の領地全体に広まっていった。

第五章　密林でちびもふとカカオを育てよう

　次々と注文が舞い込んでくるのはありがたいけれど、このまま収穫を続ければ、いつかは穫りつくしてしまう。ぼくはカカオの木の栽培に、より力を入れることにした。

　苗を植えてから、カカオが花を咲かせるようになるまで、四年前後かかる。さらにそこから実をつけ、熟すまでには半年かかる。

「最短でも四年半はかかるんだよな。それまでに穫りつくさないよう、気をつけなくちゃ」

　カカオの栽培に取り組むぼくを、ラフィや森の獣たちが手伝ってくれた。

　彼らの多くは、果実のはちみつ漬けが大好きだ。おやつに果実を使った菓子を作ってあげると、大喜びで作業を手伝ってくれた。

　カカオの幼木は直射日光に弱く、バナナの木など、日光から守ってくれる背の高い木が必要になる。それらの木が必要なのは、幼木が育つまでの二、三年間のみ。その後は伐採（ばっさい）しなくてはならなくなる。

「なにか再利用の方法を考えて栽培しないとな」

最初の行程は、苗づくりだ。カカオの豆を苗床に植え、芽が出るのを待つ。

普通なら、発芽まで何週間もかかるのに。不思議なことに、植えて水やりをすると、すぐにムクムクと土を持ち上げるようにして、芽が出てきた。

「うわっ、なんで!?」

もしかして、この密林には植物の成長を早める不思議な力があるのだろうか。レヴィに聞いてみたけれど、「そんな話、聞いたことがないなぁ」と首を傾げられてしまった。

「その植物が、特別に生育が早いんじゃないのかい」

「そんなことないですよ。少なくともぼくの暮らしていた世界では……うわぁっ……！」

メリメリと音がして、手にしていた鉢が割れる。

さっき芽が出たばかりのカカオがみるみるうちに成長し、あっという間に、ぼくの膝くらいの高さの幼木になった。

「りと、たいへん。かかお、いっぱい育ったよ！」

ラフィが悲鳴を上げながら、転がるように駆けてくる。苗を植えた場所に戻ると、いつの間にか幾つかの小鉢が割れ、幼木がにょきにょき生えていた。

「大変だ！　早く地面に植え替えなくちゃ」

幼木を抱え、シェイドツリー用のバナナを植えた場所に向かう。

「どうしよう。まだバナナ、全然育ってないし」

困惑するぼくに、ラフィがじょうろを持って近づいてきた。

「おっきくなった苗、ぜんぶ、りとが水やりした苗だよ。バナナ（ナーロ）も、りとが水やりしたら、にょきにょきするかも」

「そんな馬鹿な。そんなの、ありえないよ」

強大な魔力を持つレヴィならまだしも、ぼくは聖印なし、魔力ゼロの凡人だ。

ぼくの水やりした苗だけ急激に育つ、なんて、そんなことあるはずがない。

「いいから、やってみて！」

ラフィにせかされ、ぼくは根負けしてバナナに水やりをはじめる。すると、ぴょこぴょことかわいらしい芽が姿を現した。

「う、うそだ……！」

信じられない。だけど、実際にぼくが水やりをしたところだけ、芽が出てきているのだ。

芽だけじゃない。あっというまに成長して、バナナの木はカカオの幼木よりも大きくなった。

「りと、残りの木も、水やりして！」

ラフィに促され、おそるおそる水をまく。すると、水をまいた種だけが芽を出し、さらににょきにょきと成長し始めた。

「このじょうろを作ってくれたのはレヴィだし。レヴィの魔法の効果かな」

きょとんとした顔で首をかしげ、ラフィはぼくからじょうろを奪い取った。

「種さん、種さん、ぐんぐん育てー！」

謎の歌をうたいながら、ラフィが水をまく。けれども、種はちっとも発芽しなかった。

「レヴィちがう。りとの魔法！」

ラフィはそんなふうにいうけれど、ありえないと思う。手や足を確認したけれど、聖印らしきものは、どこにも現れていない。

「りと、もっと水まき！」

ラフィに背中を押され、半信半疑のまま、バナナとカカオの種に水をまく。すると、ぼくが水をまいたところだけ、芽が出てぐんぐん成長し始めた。

「すごい……！　どんな仕組みかわからないけど。これなら安心してチョコレートを量産できるよ」

実がなるまで四年以上かかるけれど、ひとたび実をつけるようになれば、カカオは五十年近く、毎年、年に二回、実をつけ続けてくれるのだ。

「水をやりすぎて根を腐らせてもダメだから、ひととおり水やりをしたら、続きは明日にしよう」

もっと水をあげて一気に収穫まで持ち込みたいところだけれど、欲張って失敗しても困る。

「継続的に作るなら、発酵や乾燥は、レヴィの魔法に頼らず、自分たちでやったほうがいいと思うんだ」

ぼくはラフィや獣たちといっしょに、発酵や乾燥に使う木箱やパレットを作ることにした。材料は日よけ（シェイドツリー）の役割をしてくれていた、伐採したバナナの偽茎（ぎけい）だ。

「すごいね、この子たち、工具を使えるんだね」

獣たちはラフィと同じように器用に前足を使って、レヴィの作ってくれたのこぎりやかなづちを持ち、ぎこぎことんとん作業してくれている。

「みんな、魔獣だから、ふつうの獣とはちがうよ」

魔獣といえば、人間を襲って食らう、凶暴な獣ばかりだと思ったのに。こんなにも愛らしくてやさしい子たちもいるなんて。なんだか不思議な感じだ。

「ニンゲン、魔獣、殺す。だから、魔獣、ニンゲン、殺すの。りと、魔獣、殺さない。おいしい、くれる。だからみんな、りと、だいすき！」

むー、むーと唸る、クマの魔獣の子の言葉を、ラフィが通訳してくれた。

「ぼくら人間が先に酷いことをしたから、魔獣は人間を襲うんだね」

ぼくの言葉を、ラフィが子熊に通訳する。

子熊はちょこちょことぼくに近づいてきて、はむっとぼくをハグしてくれた。

ごめんね。ちょっとだけ、怖かった。襲われるんじゃないかって、身構えちゃった。だけど、違うね。ぼくら人間が襲わなければ、魔獣も、ぼくらをわざわざ襲わないいんだ。

「お手伝い、ありがとね。あとでいっぱい、はちみつのお菓子、作るね」

子熊の魔獣はうれしそうに、ゆっさゆっさと身体をゆする。そのしぐさがたまらなく愛らしくて、ぼくは自然と笑顔になった。

「よし、木箱が完成したら、カカオを収穫して、パルプごと乾燥させよう」

「むー！」

「みー！」

ラフィの通訳なしでは、互いの言葉を理解することはできないけれど。

もっと、ほかの魔獣たちとも仲良くできたらいいなぁ、とぼくは心から思った。

第六章　真っ白な砂糖とふわふわ生クリーム

　ヴァンダール伯爵領でのチョコレートブームのおかげで、注文は日に日に増え、ぼくと森の獣たちだけでは対応しきれなくなった。

「領民のみなさんにも協力してもらって、チョコレートを、この領地の特産品にしたいんです」

　ぼくのそんな願いを、ダニエルは受け止めてくれた。

「リヒトの案に賭けてみよう。私から領民たちに話してみるよ」

　カカオを育てるのは、密林のなかでしかできない。発酵も、気温の高い亜熱帯だからこそできる業(わざ)だ。

「カカオ豆の乾燥と、カカオマスに加工してチョコレートを作る最終工程を、この領地内で行いたいんです。できれば最終工程は、手先の器用な料理の得意なひとたちに手伝ってもらいたいです」

「それなら、ご婦人方に声をかけたほうがいいわね。日々の炊事(すいじ)で、みんな料理には慣れているから」

　リィナの提案により、子育ての一段落した、ご婦人たちに声をかけることになった。

ふだんは針仕事などを請け負い家計の足しにしているけれど、ヴァンダール伯爵領から依頼される針仕事は給与がとても安く、割に合わないのだそうだ。

「チョコレートはとても高価なお菓子なんです。針仕事のお給金の三倍は払いますよ」

「三倍!?」

　リィナが集めてくれたご婦人たちは、皆、目を丸くして驚いた。

「はい。それから、製造過程で潰れたり割れたりするチョコレートもあると思うので。それらのチョコも、福利厚生でお配りします」

「貴族さまが食べる高級な菓子を、私たちにもくれるっていうのかい」

「ええ。難ありの品で申し訳ないのですが……」

　いつか、もっと量産できるようになれば、価格を下げて、庶民にも気軽に食べられるチョコレートを生産できる日が来るかもしれない。

だけど今は、収穫できるカカオも作れるチョコレートも限られているから、高級路線で売り込むのが最良だ。

「乗った。その、ちょこれえと、とやら、アタシも食べてみたいわ」

「私も。いくらやっても金にならない針仕事に、飽き飽きしていたのよ！」

話を聞きに来てくれた十二人のご婦人全員が、チョコレートづくりを手伝ってくれることになった。

翌日も、その翌日も、カカオとバナナは驚異的な成長をした。

七日後にはバナナの実がなり、カカオの花が咲いた。そして、十日目にはカカオの実がなり、翌日には収穫できた。

「すごい。魔法のじょうろだね！」

今でもぼくは、レヴィの作ってくれたじょうろのおかげだと思っているけれど、途中からはじょうろではなく木桶で水をまいていたし、ラフィをはじめ、獣たちは『りとの魔法！』と信じているようだ。

どちらにしても、こんなに早く収穫できるなんて、とてもありがたい。チョコレートづくりを手伝いに来てくれている女性たちは皆、手先が器用で飲み込みが早い。

ヴァンダール伯爵領だけではなく、さらに大きな市場も狙いにいくべきかもしれない。

「次に狙うなら、どこがいいかなぁ……」

独り言をつぶやいたぼくに、お出かけ大好きなラフィが駆け寄ってくる。

「ほあ、りと、どこかおでかけする!?」

ぴょこぴょこ飛び跳ね、瞳を輝かせている。白くてふわふわの獣毛におおわれた頭をぽくはそっと撫でた。

「おでかけしたいね。次は、そうだな。ヴォーゲンハイト辺境伯のところに行こうか」

ヴォーゲンハイト辺境伯の治める領地は国土の東端に位置し、王都の次に巨大な都市だ。東方の国境警備を担（にな）う彼は、国軍に次ぐ強大な兵を持ち、国内最多の領民を統治している。

もし、彼の地でチョコレートブームを起こせたら最高だけれど、ヴォーゲンハイト辺境伯は、その偏屈（へんくつ）さで有名な男だ。

第一王子のリアムから、ぼくを養子に迎えるよう要請されても、あっさりと断っていた。一癖も二癖もあるといわれている彼を攻略するのは、かなり骨が折れると思う。

「本人の攻略が難しいときは、奥さんや子どもを攻略するのがいちばんだよね」

「こーりゃく？」

不思議そうな顔で、ラフィがぼくを見上げる。

「味方になってもらう、っていう意味だよ」

「味方！　ラフィ、りとの味方！」

ぴょこんと飛び跳ね、ラフィはぼくに抱きつく。

「ありがと。まずはいっしょに、ヴォーゲンハイト辺境伯について調べよう。子どもがいれば、その子についても調べたいね」

アントンは騎士団にいたころ、国境警備に携わっていた時期もあるといっていた。まずはアントンに聞くのが一番だろう。

ラフィを抱き上げ、アントンのもとに向かう。彼は領民たちと共に、田畑に水をひくための水路を作っていた。

「アントン、すっかり農作業が似合うようになってきたね」

国いちばんの剣の腕前を持つ騎士に、鍬を持たせる日が来るなんて。

泥に汚れたシャツに、作業用ズボンをまとったアントンは、申し訳なさを感じながら軽口をたたいたぼくを抱き上げると、ぐりぐりと顎でぼくの頭を攻撃してきた。

「自分は、ここでの暮らしが気に入ってるんですよ。ダニエルさんはいい人だし、領民たちも皆、善良だ。こういう人らが貧しい暮らしを強いられるなんて、自分は許せないんです。殿下のおかげでだいぶ彼らの生活も向上していますけど、自分も負けないように、ためになることをしたいんですよ」

「それで、水路を作ってるの？」

「水量を調整できる水路があれば、日照りの際にも農作物を枯らさずにすみますからね」

「だとしたら、あっちの川から、こちら側に向けて通したほうが、より安全だと思うよ。この川から直接引っ張ると、増水したときに回避する術がなくなるんじゃないかな」

ぼくは地面に周辺の地図を描き、アントンに説明してみせた。

「なんで五歳児の殿下が、そんなことを……」

「え、あ、えっと……前に本で読んだことがあって……」

慌ててごまかしたけれど、生前の知識によるものだ。ぼくの生まれた町では、過去に大きな水害があったため、社会の時間に治水の大切さを学ぶ授業があった。地図を見ながら高低差だけでなく、どんな要因が水の流れによくない影響を与えるのかを、特に念入りに学習したのだ。

「殿下に負けないようにと思って張り切ってみても、なかなかうまくいきませんなぁ……」

がっくりと肩を落とすアントンに、ぼくはふるふると首を振る。

「そんなことないよ！　ぼくは頭で考えるだけで、実際に身体を動かして水路を作ることはできないから。それができるアントンは、ぼくよりずっとすごいんだよっ」

言い終る前に、むぎゅーっとハグをされる。息ができないくらい、ぎゅうぎゅうに抱きしめられた。

「あぁ、やはり自分の目に狂いはなかった。リヒト殿下にお仕えすると決めて、正解でした。これからも一生仕えさせていただきます！」

「痛いー、痛い、アントン、離してっ」

また始まった。アントンの大げさなハグ。一度ハグすると、全然離してくれなくなる。

「離しません！」

「いやだー。っていうか、そんなことより、アントン。ヴォーゲンハイト辺境伯について教えて欲しいんだ。アントン、国境警備をしていたときもあるんだよね？　ヴォーゲンハイト辺境伯とも、会ったことある？」

ぎゅうぎゅうにぼくを抱きしめていたアントンの腕から、急に力が抜ける。

「うぉおおお、聞きたくない名だーっ！」

ぼくを地面に下すと、アントンは突然耳をふさいで地面にうずくまった。

国いちばんと名高い騎士がここまで拒否反応を起こすなんて。ヴォーゲンハイト辺境伯というのは、いったいどんな男なのだろう。

色々と教えてもらいたいのに。アントンは両手でぎゅっと耳をふさいだまま、カメのように丸くなってしまった。

「あれは人の形をした『鬼』ですよ」

ようやく起き上がったアントンは、真面目くさった顔でぼくにそう告げた。

「鬼？　そんなに怖いの？」

首をかしげたぼくに、アントンはぐっと身を乗り出すようにして頷く。

「怖い、なんてもんじゃないです。忘れもしない。十三年前、騎士団に入団したばかりのころ、自分はヴォーゲンハイト辺境伯の元で、国境警備の研修を受けたのです」

東方国境は地続きで二つの大国と接する、いわば国境防衛の要。当時はヴォーゲンハイト辺境伯の父君が国境防衛軍の指揮を執っていたのだそうだ。

「自分の配属された師団のトップが、防衛軍のナンバー2、ヴォーゲンハイト辺境伯だったんですが……」

入隊初日からとんでもないスパルタぶりで、王都から派遣されてきた若い騎士たちが、次々と心を折られ、除隊を申し出たのだという。

「なにがそんなに辛かったの？」

「いちばん辛かったのは剣術の稽古ですね。あの男は相手の魔力を無効化する術を持っているのです。魔力を封じられた状態で、強力な魔力を持つ彼と闘わなくてはならない。自分は元から魔法が使えませんから、特に辛かったですよ。魔法と剣術の組み合わせが、あそこまで凶悪なものだと初めて思い知らされました」

「ヴォーゲンハイト辺境伯自ら、新兵と手合わせしていたってこと？」

「王都から派遣されてきた騎士全員に、毎日、朝晩二回、稽古をつけるのですよ」

並外れた攻撃魔法を操る上に、剣術の腕前も、当時は国いちばんと恐れられていたヴォーゲンハイト辺境伯。ひとり、またひとり、と減るごとに、残された騎士の負担は増加してゆく。

「結局、自分以外全員離脱しちまったんで、そこからは毎日みっちり、自分だけがひたすら相手をさせられるわけですよ。こっちは死ぬ気で頑張ってんのに。向こうは文字通り『朝飯前』って感じで。それこそ鼻歌交じりに、軽々と片手で完膚なきまでに叩きのめすわけです。——身体だけじゃない。心もズタボロにされますよ。どんなに本気で向かっていっても、かすり傷ひとつ、つけられないわけですから」

傷つけるどころか、辺境伯の元で鍛錬に明け暮れた三年間、切っ先が触れることさえ、一度もなかったのだそうだ。

「そんなに強いんだ……」

「強いですよ。おまけに、超偏屈なんです。笑ったところなんて、誰一人として一度も見たことがないんですよ」

そういえば、父王も「ヴォーゲンハイト辺境伯は手強い男だ」といっていた。

どうしよう。そんな人を相手に、チョコレートを売り込むなんて無謀すぎるだろうか。

「やめておいたほうがいいかな」

弱気になったぼくに、アントンは「個人的には、そう思います」と頷いた。

「ただ、ヴォーゲンハイト辺境伯領は、王都に次ぐ都市ですからね。しかもあの男は、自分一人で富を独占することを好まない。自分だけが王さまみてぇな暮らしをしているヴァンダール伯爵と違って、皆と分かち合う気質なんです」

彼の治める領地では、領主である彼だけでなく、各地域の長も、軍人や商人、職人も、皆がその働きに応じて富を得られる。そのため、地方領主並みに豊かな生活を送る者が、たくさんいるのだそうだ。

「大規模な都市なのに、税負担もあまり重くないので、庶民の暮らしが豊かなんですよ。それこそ、ダニエルさんの屋敷クラスの大きさの家なら、そこらじゅうに建ってるんです」

「軍人としては鬼みたいに厳しいけれど、領主としてはとても有能、なのかな」

「でしょうね。だからこそ求心力もある。彼の領地内では、彼への忠誠心が半端ないんですよ。国王よりも断然、彼のほうが支持されている。たとえば彼が謀反を起こせば、領民全員が団結して、ヴォーゲンハイト辺境伯側につくのは間違いないです」

そんなにも支持されている領主。もし味方につけられたら、とても心強いのではないだろうか。

「ヴォーゲンハイト辺境伯って、甘党だったりしないかな」

ぼくの問いに、アントンは「ありえませんね」と即答する。

「会えばわかると思うのですが、自分よりも背が高いうえに、無駄な肉のいっさいない、キレッキレの肉体美をしているんです。あの体型を保つためには、おそらく相当食事に気を使っていると思いますよ」

残念ながら、ヴァンダール伯爵のときのように、簡単にはいかなさそうだ。

「んー……どうしたらいいのかなぁ……」

思わずうなったぼくに、カーバンクル姿のラフィがちょこちょこと寄ってくる。

「りと、だいじょうぶ？　頭痛い？」

心配そうに顔をのぞき込まれ、ラフィのやさしさに頬が緩んだ。

「痛くないよ、大丈夫。ありがとね」

もふもふの白い毛に覆われた頭をなでると、ラフィは気持ちよさそうに目を細める。

「甘いものをいっさい食べなさそうな、最強の戦士かぁ……。なにか攻略方法はないかな」

ヴァンダール伯爵のときを思い出してみる。

「そういえば、ヴァンダール伯爵は奥さんの尻に敷かれているみたいだったな。奥さんのいうことには逆らえなさそうだった。ヴォーゲンハイト辺境伯の奥さんは、どんなひとなの？」

「奥方は六年前、第一子を産んだときに亡くなられたそうです。ずいぶんと愛妻家だったようで、それ以来、さらに偏屈になっちまったって噂ですよ」

奥さんを失くしているのか。それはさぞ、つらいに違いない。

「再婚は、していないの？」

「していないみたいですね。あれだけ力をつけてるんで、色々不安な要素もありますし。

国王陛下はなんとかして姻族にしたいと考えたようですけどね。殿下もご承知のとおり、どんなに縁談を持ちかけても、決して応えようとはしないのです」

おまけに、ぼくを養子にするのも断った。確かに、かなり手強いかもしれない。

「その、六年前に生まれたお子さんは？」

「かなり可愛がっているようですよ。男の子で、おまけに一人っ子。目をかけてはいるようですが、どうやらあまり父親には似ていないようで……」

剣術の鍛錬を嫌がり、部屋にこもりがち。先が思いやられる、と、周囲の者たちはこぼしているのだという。

「鬼のように強い父親と、剣術嫌いの息子、か……」

ぼくと、そんなに年が離れていない。なんとかして、その子に会えないだろうか。

「息子さんと会ってみたいな。なにか、会う方法、ないかな」

「無理じゃないですかね？　かなり出不精らしいんで。おまけに人見知りらしくて、めったに人前には出てこないそうですよ。あぁ、ただ……誕生の祝いには、さすがに出てくるでしょうね。祝い事の席に、主役がいないなんてことになれば、さすがに領民の理解も得られないでしょうし」

「誕生の祝い？　それはチャンスかも。いつあるの？」

「さあ、いつだったかな。去年までは、自分も参加していたんですけどね」

三年間お世話になった剣術の師匠。苦手な相手でも、招待されれば断るわけにはいかない。アントンは律儀に毎年参加していたのだそうだ。

「今年は招待状、届かないの？」

「毎年、実家に届いていたんで。もしかしたら、今年も届くかもしれません。確かあれは、春小麦を収穫するころ、だったような……」

「春小麦の収穫時期？　じゃあ、そろそろじゃないか」

レヴィにお願いして伝令魔鳥（でんれいまちょう）を飛ばしてもらうと、アントンの実家には、すでに今年の招待状が届いていることがわかった。

ヴォーゲンハイト辺境伯のご子息の誕生会は、十日後に開催されるらしい。

「アントン。その誕生日会に出席しよう！」

「や、嫌ですよっ。せっかく騎士団を退団して、行かずに済むようになったのにっ」

大柄な体格には不似合いな気弱さで、アントンが後ずさる。

「たんじょうびかい……おいしい？」

ラフィがぼくの隣で、たらりとよだれをたらした。

「おいしいよ！　きっと、おいしい料理がいっぱいだ」

「ほぁ、ラフィ、行く！　たんじょうびかい、行きたい！」

ぴょこぴょこ飛び跳ね、大はしゃぎするラフィを抱き上げ、ぼくはアントンにねだる。

「行こう、アントトン。ヴォーゲンハイト辺境伯領にチョコレートを売り込むチャンスだよ！」

どんなに誘っても気乗りしなさそうなアントトンに、ぼくはくるりと背を向ける。

ぐったりと肩を落としたふりをして、しょんぼりした声を作った。

「仕方がないな。アントトンが行ってくれないなら、ぼくらだけで行くしかないね。ラフィ、二人で行こうか」

「行く！」

むぎゅっと抱きついてきたラフィの頭を撫でる。

「わ、ま、待ってください。あんな男のところに、リヒト殿下おひとりで行かせるわけにはいきませんよっ。行きますっ、自分も行きます！」

やはりアントトンは、とてもやさしい男だ。あんなにも嫌がっていたのに、結局ぼくのためについてきてくれることになった。

剣術の稽古が嫌いで、人前に出るのが苦手。それ以外なんの情報もないまま、ヴォーゲンハイト辺境伯のご子息、ディータにプレゼントするチョコレート菓子を考えることになった。

密林の近くにアントトンと領民が建ててくれた、手作りの菓子工房。レンガ造りの真新しい工房内では、領民の女性たちが今日もせっせとチョコレートづくりに励んでくれている。

「ほあ、あまくていいにおい！」

毛が落ちるといけないから、工房内に入るとき、ラフィはレヴィの魔法で人間の姿に変えてもらうことになっている。うさ耳としっぽは残るから、耳は帽子のなかに、尻尾はズボンのなかに収納する。頭とおしりがぽっこり膨らんで、なんだかとてもかわいらしい。

「いいにおいだね。甘い香りって、それだけで幸せな気持ちになるよね」

六歳の少年なら、たぶん、ぼくやラフィと同じように、甘い菓子が舌に合うだろう。

人前に出るのが苦手な引っ込み思案な少年、ということなので、もしかしたら華やかな菓子よりも、ほっこりやさしい感じのお菓子のほうが、好いてくれるかもしれない。

「生まれたときに、お母さまを亡くしたのか。ぼくと一緒だな……」

この世界でのぼくの母親は、ディータの母と同じように、ぼくを生んだ時に亡くなってしまった。ぼくが以前いた世界と違い、医学の発達していないこの世界では、お産は命がけなのだ。魔法で助かることもあるけれど、出産時や産後のダメージで亡くなる女性は少なくない。

「ぼくにはアントンがいてくれたけど、ディータにも誰か、ちゃんといつもそばにいて、味方になってくれるひとがいるのかな」

王家には、生まれたときから、メンターとして剣術の指導者をつける決まりがある。

アントンは元々、ぼくの兄、第五王子のメンターだったのだけれど、あまりにも厳しく、口うるさかったため、うっとうしがられて解任されたのだ。

国いちばんの剣士がメンターを解任されたとあっては示しがつかない、と考えた父王が、おさがりでぼくに押しつけた。

今思えば、ぼくのメンターがアントンで、本当によかったと思う。確かに口うるさく、鍛錬は厳しいけれど、彼のおかげで、自分がひとりぼっちだと感じたことは、今まで一度もなかったのだ。

どれだけ皆に疎まれても、アントンだけは味方でいてくれる、と心から信じられた。実際に、アントンは騎士の称号を投げ捨ててまで、ぼくについてきてくれた。

「もし、ディータの傍にアントンみたいな人間がいないとしたら、寂しいだろうな」

父親からは、ちゃんと愛されているだろうか。ヴォーゲンハイト辺境伯は偏屈な男だというし、もしかしたら、息子の彼も疎まれているかもしれない。

同じような境遇にあるせいか、会ったこともない相手なのに、彼が少しでも幸せであってくれたらいい、とぼくは願わずにはいられなかった。

「誕生日といえば、やっぱりケーキかな」

「けーき?」

不思議そうな顔で、ラフィが首をかしげる。

「お菓子の王さまだよ！　みんなが笑顔になる、魔法の食べ物だ」

　個人的にはチョコレートが世界でいちばんおいしいお菓子だと思っているけれど、誕生日やクリスマス、祝い事に欠かせないケーキは、やはり多くのひとにとって、『特別なお菓子』なのだと思う。

「おかしの王さま！　食べたいっ」

「もちろん、ラフィにも試食してもらうよ。他にも、ディータと同じくらいの年齢の子に試食してもらいたいな。好みがまったくわからないから、年齢くらいしか参考にできる情報がないんだよね……」

　せめて、好きな果実や味の好みがわかればいいのだけれど、アントンもなにも知らないという。

「確か、ヴォーゲンハイト辺境伯領は、ベリー（ベーレ）の産地だったな」

　こちらの世界でベーレと呼ばれているベリー類。ラズベリーやブラックベリーなどのキイチゴ、ブルーベリーやいちごが名産品なのだ。

「濃厚なチョコレートと甘酸っぱいベリーの組み合わせは鉄板だし、地元の果実なら、食べ慣れている可能性が高いかも」

　好みがわからない以上、万が一、ベリー類が苦手だったときのために、ベリーをよければチョコレートケーキ部分だけ食べられるように、上にトッピングしたり、サンドしたり、原形をとどめた形で使ったほうが安全かもしれない。

「形はしっかり分離しつつ、味はちゃんと調和するケーキ。よし、イメージが湧いてきたよ！」

そうと決まれば、材料の調達だ。キイチゴなら、ダニエルの領地にも自生している。

「ラフィ、行こう！」

「行くー！」

うさ耳幼児姿のまま、いつもどおりの勢いで飛びかかってきたラフィ。ぼくは受け止めきれずにバランスを崩し、ラフィといっしょに床に転がってしまった。

野山をまわってラフィといっしょにラズベリーやブラックベリーを摘み、工房に戻る。

領地内に自生するキイチゴは、どれも想像していたよりもずっと酸っぱかった。

「はちみつ漬けにしたり、砂糖煮にしたほうがいいかもね」

この領地には、トウキビ由来（ゆらい）の砂糖はないけれど、甜菜糖は手に入る。精製されていないから、色は茶色い。まろやかでコクがあって味はおいしいけれど、砂糖煮にしたとき、ベリーの鮮やかさがくすんでしまう。

「トッピングに使う果実は、生のままにしよう。サンドする果実は、砂糖煮とはちみつ漬け、両方試して合うほうを採用することにして、問題はベースだね。チョコレートケーキっていっても、いろんな種類がある。どんなケーキがいいかな」

誕生日ケーキといえば、ぼくの暮らしていた日本では、白い生クリームにいちごののったケーキが定番だった。だけど、こちらの世界にはあの、どこにでもあるはずのショートケーキが、どこにも存在しないのだ。

おそらく、白い砂糖がないからだと思う。焼き菓子は基本的に、茶色いものが主流だ。

「ないからこそ、逆に純白のケーキを作ったら、ものすごく目立つかもね」

とはいえ、白い砂糖が存在しない以上、白い生クリームも作りようがない。

砂糖を白く精製するには、炭酸カルシウムを生成し、不純物を取り込んで沈殿させた後、濾過しなくてはならない。さらにできあがった糖液をイオン交換樹脂に通すと、色素や不純物が吸着されて、きれいな白色の結晶を作れるのだ。

「レヴィの魔法でできるかな」

「レヴィ、すごい魔法使い！　なんでもできるよ！」

レヴィに頼ってばかりだと、なんだか申し訳がないけれど。この世界では存在し得ない純白のバースデイケーキで、なんとかしてヴォーゲンハイト辺境伯のご子息の気を引きたい。

ラフィとともにレヴィの元に向かうと、獣耳美青年姿のレヴィは少し考えるような仕草をして、「その、けぇきとやらは、本当にそんなにおいしいのかい？」とぼくに尋ねた。

最近わかったことだけれど、レヴィは人間の食べ物が大好きだ。白虎の姿だと一瞬で平らげてしまうから、わざわざ人間の姿になってゆっくり味わうほど、人間の食べ物を愛している。

特に甘い物が大好きで、魔法で手伝う対価として、いつもチョコレートを欲しがる。

「ふんわり甘くて、とってもおいしいですよ。今のぼくの案では、真綿のようにふわふわの純白のクリームのなかから、こっくり濃厚なチョコレート味の生地が出てくるようにしようと思っているんです。生地の狭間には、甘酸っぱいベリームースと、ざく切りのベリー。純白のクリームの上にも、花束みたいに華やかな、ベリー類の飾りつけをするつもりです」

生クリームは甘さ控えめ。ミルクの味わいを生かした、ふんわり軽いすっきりした味わいを目指す。それに対して生地の部分は、チョコレートの風味を生かした、どっしりと濃厚な味わいに仕上げる。イメージとしては、フォンダンショコラに添える、ホイップクリームのイメージだ。さっぱりさせる効果を狙って、ミントの葉を添えてもいいかもしれない。

くどくなりすぎないよう、ベリー類の甘酸っぱさと爽やかなムースで清涼感をプラスしたら、きっととてもおいしいデザートになるはずだ。

「真綿のようにふわふわの純白クリームか。きっとおいしいのだろうね」

「おいしいですよ、とっても。ミルクから作るクリームには、チョコレートとはまた違った魅力があるんです」

ふむ、とうなずき、レヴィはにっこりと微笑んだ。

「わかったよ、協力する。その、ふわふわクリームのちょこれいとけぇきとやらを、僕やラフィにも作ってくれ」

「ありがとうございますっ。じゃあ、さっそく甜菜を持ってきますね！」

分離や濾過の魔法が使える魔法使いならば、たぶん、この世界でも純白の砂糖を作ることはできるだろう。だけど、見たことがないものは、誰も作ろうとは思わない。工業化が進んで大量生産が一般的になるまでは、誕生しないかもしれない。

レヴィが魔法で分離、濾過してくれた甜菜糖は、驚くほど美しい純度の高い結晶になった。ぼくはその砂糖を使って、生クリームを作った。生クリーム自体も、牛乳とバター、ぼくの生活していた世界でいうところのゼラチンを使って、一から作る。

ふわふわになるまで泡立て、チョコレートをたっぷり練り込んだ濃厚なスポンジケーキをデコレーションしてゆく。スポンジケーキは、前に暮らしていた世界でザッハトルテを作っていたときのレシピを流用してみた。

やわらかくしたバターに砂糖を加え、白っぽくなるまで混ぜ合わせる。卵黄を加えてさらに混ぜた後、溶かしたチョコレートをたっぷり加えて練り込んでゆく。ふわふわのメレンゲを加えた後、薄力粉とココアパウダーを加えてさっくり混ぜ合わせる。

チョコレートと薄力粉の割合は六：四。チョコレートの割合がかなり多いため、どっしりした濃厚さを堪能（たんのう）することができる。

「ほぁ、ほんとにまっしろ！」

純白のクリームをまとったケーキを前に、ラフィが目を輝かせる。

「やっぱりケーキは純白がいちばんだ」

水色やピンクなど、カラフルなクリームで彩るケーキが人気の国もあるけれど、多くの日本人は、純白のいちごのケーキに思い入れがあると思う。こちらの世界でどこまで通用するかわからないけれど、今回はアレンジを加えたこのケーキで挑戦してみたい。

木箱に入れてレヴィのもとに運ぶ。

レヴィは純白のケーキを見て、ほうっとため息を吐いた。

「確かにこれはきれいだね。なんだかきれいすぎて、食べるのがもったいなく感じられてしまうよ」

「食べるの、やめておきますか」

そっと木箱を遠ざけようとして、すばやく引き留められた。

「誰もやめるとはいってないよ。さあ、さっそく味わわせてくれ」

気になるのか、他の獣たちもようすを見にやってきた。

「みんなで食べるには、ちょっと小さいな。よし、全員で小さくなろう」

ぱんっとレヴィが手を叩くと、ぼくもラフィもレヴィも獣たちも、みんな、しゅるんと身体がちいさく縮んだ。

「ほぁ、ケーキ、おっきい！」

巨大なケーキを見上げ、ラフィが瞳を輝かせる。レヴィが魔法で作ってくれたシャベルみたいに大きなスプーンで、ぼくらはケーキをすくって食べた。

「くりーむ、ふわふわ！」

純白の生クリームのなめらかさに、ラフィが歓声を上げる。

「思ったより、甘くないんだね。甘さ控えめのさっぱりしたクリームと、しっとり濃厚なちょこれいとの焼き菓子。確かに、この組み合わせは最高だ。甘酸っぱいベリーソースやふわふわのむーすとやらが、よいアクセントになっていて、止まらなくなるよ」

巨大なケーキによじのぼったラフィが、自分の顔よりも大きなラズベリーに、あむっとかぶりつく。

「ほぁ、すっぱい！」

うみゅー、と悲鳴をあげ、ラフィがふかふかの生クリームにダイブした。他の獣たちまで真似をして、次々とケーキに突進してゆく。

「わ、ダメだよ！　食べ物で遊んじゃダメ！」

慌てて止めたものの、あまりにもみんなが楽しそうで、ぼくのなかの五歳児の魂が突き動かされてしまう。

「うぅ……農家のみなさん、ごめんなさい！」

えいっとケーキに向かって突進すると、ふかふかの生クリームにぽふっと全身が包みこまれた。

ケーキの海に溺れたい。

きっと、甘いもの好きなら、子どものころに一度は夢見たことがあると思う。

ラフィたちの真似をして直接かぶりついたケーキは、とてつもなくおいしく感じられた。

第七章　辺境伯子息の生誕祭とバースデイケーキ

ヴォーゲンハイト辺境伯のご子息、ディータの誕生日会の日がやってきた。

一枚の招待状で、四名まで参加できるのだそうだ。アントンの操る馬車に乗って、ダニエルとぼく、ラフィの四人で会場に向かった。

持参した木箱には、純白のふわふわ生クリームを使ったバースデイケーキが入っている。

「ディータ、気に入ってくれるといいね」

「きっと、気に入るよ！」

うさ耳幼児姿のラフィが、元気いっぱい答えてくれた。ぼくは外れそうになったラフィの上着のフードをかぶせ直し、うさ耳を隠してあげた。

ヴォーゲンハイト辺境伯の領地は、幾重にも巡らされた城壁に守られた城郭都市だ。

城壁の高さは十数メートル。国境防衛の最前線である、最果ての地ならではの厳重さだ。

跳ね橋のたもとに衛兵の詰め所があり、そこで招待状を見せるようにいわれた。馬車に乗った全員が、ひとりひとり身元を確かめられる。

「名もなき荒れ地、領主のダニエルと申します」

「自分は元、王立騎士団の団員で、現在は――」

言葉に詰まったアントンに、ダニエルが助け船を出す。

「我が領地で、剣術の指導、ならびに治水事業の責任者をしてくださっています」

ホッとしたように、アントンが脱力したのがわかった。

「ぼくはダニエルの息子です。この子は……」

「カーバンクルのラフィ！」

ラフィが元気いっぱい名乗り出る。

「カーバンクル……？」

怪訝な顔で幌(ほろ)のなかをのぞき込む衛兵から、ぼくは慌ててラフィを隠した。

「ぼくの友だちです。ヴォーゲンハイト辺境伯のご子息、ディータさまに、贈り物を作ってきたんですけど……ぼくとこの子の合作で。ぜひ、いっしょに渡したいなって思ったんです」

衛兵の眉間には、皺が寄ったままだ。

「この子の父親は」

「ラフィのとーちゃ、死んじゃった」

首から提げた魔石のペンダントをぎゅ、と握りしめ、瞳を潤ませたラフィに、衛兵は再度尋ねる。

「母親は」

「かーちゃも、死んじゃった……」

さらに瞳を潤ませ、ラフィは今にも泣き出しそうだ。

「この子も私の息子です。孤児(こじ)だったこの子を、引き取って育てているんですよ」

ダニエルが、すかさずフォローを入れてくれた。

「この子がなにか粗相(そそう)をした際は、すべて私が責任を取ります。もちろん、ご迷惑をかけないよう、しっかり言い聞かせておきますし」

ダニエルの申し出に、衛兵はふむ、とうなずき、他の衛兵となにやら話し合いを始める。

しばらくしてから、ようやく「通ってよし」と跳ね橋を下ろしてくれた。

こんなにもちいさな子の素性まで調べようとするなんて、王都でも考えられないことだ。

「すごく厳しいんだね」

「そりゃあな。地続きで他国と隣接しているから、どうしたって厳しくせざるを得ないんだよ」

滞在許可証を発行してくれたけれど、木札に書かれた滞在期限は、今日の日没まで。

日没を過ぎたら、城壁の外に強制的に出されることになるようだ。

跳ね橋を渡り、衛兵に守られた城門をくぐる。するとそこには、想像していたよりもずっと簡素な町並みが広がっていた。

「王都の次に栄えていると聞いたから、もっと華やかな街かと思ったんだけど」

拍子抜けしたぼくに、アントンが教えてくれた。

「ヴォーゲンハイト辺境伯は、どこぞの伯爵と違って、華美なモノは好まないんですよ。質実剛健を地で行く人です。派手さがない代わりに、この町の領民は、誰もが皆、腹いっぱい飯を食える生活を送っていますよ。見てください。ボロを着ている者もいない」

いわれてみれば、確かにそうだ。馬車から見える景色。物乞いの姿はないし、不健康そうに痩せ細った者もほとんど見当たらない。肌つやがよく、健康そうな者ばかりだ。

町だけでなく、市街地の中央にある領主の館も、華やかさとは無縁の、シンプルな作りの建物だった。広さもヴァンダール伯爵の屋敷と比べると、半分以下だ。

それでも、息子の誕生祝いは、盛大にしようと考えているのだろう。

手入れの行き届いた緑の木々が彩る庭に、白いテーブルクロスのかかったテーブルがいくつも並び、それぞれの席においしそうな料理が並んでいる。

「ほぁ、ごちそう……！」

ぴこーんとうさ耳を立て、ラフィがごちそうに駆け寄ろうとする。

「待って、ラフィ。まずはヴォーゲンハイト辺境伯と、ご子息にご挨拶をしないと」

ラフィの腕を掴み、アントンやダニエルとともに、本日の主役、ディータとヴォーゲンハイト辺境伯のもとに向かう。

庭の中央に設けられたいちばん大きなテーブルの前に、がっしりとした体躯の大男と、小柄な少年が立っていた。

四十前後だろうか。やや灰色がかったくすんだブロンドヘアを後ろで一つにくくった軍服姿の男性が、ヴォーゲンハイト辺境伯なのだろう。凛々しく精悍な顔立ちに顎ひげを蓄え、アントンと同じくらい筋肉質で肩幅が広く、どっしりとした風格(ふうかく)を漂わせている。

隣に立つ少年が、おそらくディータだと思う。白いシャツに濃紺の半ズボン、蝶ネクタイをつけたその少年はほっそりしており、日に焼けた父親とは対照的に、雪のように白い肌をしている。母親似なのかもしれない。ふわふわの金色の髪に、きれいな空色の瞳。くりっとした瞳で、子リスを思わせる愛らしさだ。

ぼくよりひとつ年上だけれど。目線の高さはぼくと変わらない。ぼくと目が合うと、ふいっとぎこちなく目をそらした。

この期に及んで、アントンはヴォーゲンハイト辺境伯と顔を合わせるのが嫌なようだ。ダニエルの背後に隠れようとしているけれど、中肉中背のダニエルより頭二つ分以上背が高くて、まったく隠れられていない。

「おお、アントンではないか。よく来てくれたな」

ヴォーゲンハイト辺境伯に話しかけられ、アントンはびくっと身体を跳ね上げらせる。

ちいさく深呼吸して、アントンはヴォーゲンハイト辺境伯に向き直った。

「ご、ご無沙汰しております。ヴィルヘルム閣下」

その場に膝をつき、深々と頭を下げたアントンに、ヴォーゲンハイト辺境伯は鋭い声音で問いかける。

「騎士団を退団したそうだな。いったいなにがあった」

「な、なにも、ありません……！」

大柄な身体をぎゅっと縮めるようにして、アントンは答える。

「貴様は、なにもないのに団を抜けるような男ではなかろう」

ちらりとぼくを見て、ヴォーゲンハイト辺境伯は、呆れたようにため息を吐く。

「我らが守るべきは、国であって個ではない。貴様にはそのことが分からぬようだな」

頭を下げたまま、じっとヴォーゲンハイト辺境伯の言葉を聞いていたアントンが、ゆっくりと顔を上げた。

「お言葉ですが――自分は騎士である前に、一人の人間です。着の身着のままでひとり放り出される幼子を、放っておくようなことはできません」

先刻までのおどおどした様子が嘘のように、強いまなざしでアントンはヴォーゲンハイト辺境伯を見据える。

「情にほだされたか」

「違います。我が子さえまともに愛せない国王に、生涯仕え続け、命を懸けることに意味を見出せなくなっただけです」

じっとヴォーゲンハイト辺境伯を見据えたまま、アントンは答えた。

「ならば、ウチに来ればいい。我が軍に、国王への忠誠心は不要。私への忠誠も必要ない。他国からこの国の民を守ることだけを考え、生きてゆけるぞ」

緊迫した空気が流れるなか、ヴォーゲンハイト辺境伯の隣で、ディータが所在なさげにしているのが見えた。本日の主役なのに、ちっとも楽しそうな顔をしていない。

「えっと……、ディータくん、お誕生日おめでとうございますっ！」

空気の読めない幼子のふりをして、ぼくは声を張り上げる。

「おたんじょび、おめでと！」

ラフィもぼくの隣で、ぴょこんと飛び跳ねて叫んだ。

ディータは大きく目を見開き、びくっと身体をこわばらせる。

会場内には、ぼくとラフィ以外、子どもがまったくいない。友だちのひとりくらい、参加していてもおかしくないのに。大人しかいないのだ。

「ディータくん、どんなお菓子が好きかわからなかったから。この国の名産品、木いちごをつかった焼き菓子を作ってきたよ」

木箱からケーキを取り出し、木製のトレイごとケーキを差し出す。

ふわふわの純白クリームにおおわれた、チョコレートケーキ。赤や紫、たっぷりのベリーで飾りつけられたデコレーションケーキを前に、ディータは興奮したように頬を紅潮させた。キラキラと瞳が輝いている。よかった、ちゃんと喜んでくれているんだ。

だけど次の瞬間、ディータは急に真顔になって、ふいっと顔をそむけてしまった。

「見たことのない菓子だな。それは、なんだ」

ヴォーゲンハイト辺境伯に問われ、ぼくは緊張気味に答える。

ぼくを養子にするのを拒絶したひと。ぼくのことを快く思っていない、ってことだ。

「チョコレートという濃厚な食材を使った焼き菓子を、ふわふわのクリームで飾りつけした特製のケーキです」

「ちょこれいと？　知らぬな。初めて聞く名前だ」

怪訝な顔で、ヴォーゲンハイト辺境伯は、チョコレートケーキを眺める。

「どこに売っているんだ。ヴァンダール伯爵領か」

ヴァンダール伯爵が食道楽（しょくどうらく）だということは、ヴォーゲンハイト辺境伯も知っているようだ。

「いえ、ぼくが作りました」

「大人をからかうんじゃない。お前のような子どもに、こんなにも精巧な菓子が作れるわけがないだろう」

「それが作れるんですよ。リヒト殿下は、菓子作りの天才なのです。もしかしたら、神が魔力の代わりに、この類まれなる菓子作りの才能を授けたのかもしれません」

別にアントンが威張ることじゃないのに。なぜか胸を張って、アントンが答える。

「大げさな。どうせ誰かが手伝ったのだろう」

ふん、と鼻で笑ったヴォーゲンハイト辺境伯に、ラフィが飛びかかろうとした。

「むぅ、ラフィ、このおじさん、きらい！」

手足をばたつかせて暴れるラフィを、ぼくは慌てて引き留める。

「よかったら、食べてみていただけませんか。ディータくんの誕生日をお祝いするためのお菓子なんです」

ディータが、ちらりとケーキを見る。さっきはあんなに喜んでくれたように見えたのに。なぜかその表情は硬い。

「甘味など、女子のためのものだ」

ヴォーゲンハイト辺境伯の言葉に、ディータは、ぎゅ、と唇を噛みしめた。

もしかしたら、父親の目を気にして、ケーキに興味のないふりをしているのだろうか。

「ディータくん、このケーキに使われているチョコレートっていうのはね、元々、男性の愛好家がとても多いお菓子なんだ。チョコレートを作る職人さんも、男性が多いしね」

ぼくが以前生きていた世界。日本ではチョコレートは女性の食べ物の印象が強かったけれど、修行先のフランスでは、男性が自分のためにチョコレートを買うことが、日常的にあった。

コーヒーと同じように、苦みや酸味を楽しむ嗜好品だから、特にビターなチョコレートは男性の人気が高いのだ。

「ほんとに……?」

ぎこちなく、ディータがぼくに尋ねる。

「本当だよ。ぼくも大好きだし、ダニエルもアントンもチョコレートの虜だ」

「ラフィもだいすき!」

元気いっぱい、ラフィが手を挙げた。

「アントンさんまで……?」

甘いものなどまったく口にしなさそうな屈強な大男アントンがチョコレート好きと知り、ディータは目を瞬かせる。

「大好きですよ。もはやリヒト殿下の作るチョコレートなしでは、生きていかれません」

「私もチョコレートが食べられなくなったら、辛いですね。こんなにもおいしい菓子は、世界中探したって存在しません」

アントンとダニエルが熱っぽく語るのを見上げ、ディータは信じられないものを見るようなまなざしをしている。そしてヴォーゲンハイト辺境伯に向き直り、おずおずと尋ねた。

「せっかく作ってきてくれたんだし。ひと口だけ、味見させてもらってもいい？」

「――好きにしたらいい」

軍隊ではものすごく厳しい人みたいだし、息子のことも怒鳴りつけたりするんじゃないかって不安だったけれど、ヴォーゲンハイト辺境伯の声音は、アントンに向けられていたときよりも、幾分やさしい。

「じゃあ、さっそく切り分けますね」

持参したナイフで、バースデイケーキを八等分に切り分ける。

純白クリームとチョコレート色のスポンジケーキ、あいだに挟まったピンクと紫の二色のベリーのムースがとてもきれいだ。ディータは目を見開き、うっとりとそれを眺めた。

「いただきます」

フォークを手に、おそるおそるケーキを口に運ぶ。口に入れた瞬間、ディータの表情がぱあっと明るくなった。

「おいしい……！」

空色の瞳を潤ませ、頬を紅潮させて感嘆のため息を漏らす。幸せそうなその笑顔に、ぼくまで頬が緩んだ。

ニコニコ顔のディータが、はっとした顔で父親を見て、笑顔を引っ込める。

ヴォーゲンハイト辺境伯の眉間には、しわが寄っていた。息子が甘いものを好むことを、好ましく思っていないように見える。

「ヴィルヘルム閣下も召し上がってみませんか」

ぼくの問いに、さらに眉間にしわが寄る。

「不要だ」

そっけなく返したヴォーゲンハイト辺境伯に、ダニエルが穏やかな声で告げた。

「そうおっしゃらずに。ぜひ、ひと口だけでも食べてみてください。こんなにもおいしい菓子は、絶対に他では味わえませんよ」

あまりにも熱心に勧められすぎて、根負けしたようだ。渋々といったようすで、ヴォーゲンハイト辺境伯はダニエルからケーキの皿を受け取る。

「甘いものは、あまり得意ではないのだ」

「それでは、少しアレンジを加えさせていただきますね」

万が一、ディータが甘いもの嫌いだったときのために、味変アイテムを用意してきた。

ぼくはヴォーゲンハイト辺境伯からケーキの皿を拝借し、最上部のクリームをすべて取り除いた。代わりに、ビターなココアパウダーを振りかける。

「では、食べてみてください」

純白のケーキから、ダークブラウンの大人な装いに、見た目も変化したチョコレートケーキ。ヴォーゲンハイト辺境伯はひと口頬張り、目を見開いた。

「なんだ、これは……」

　どうしよう。口に合わなかっただろうか。不安になったぼくに、ヴォーゲンハイト辺境伯は鋭いまなざしを向ける。

「本当に、これをひとりで作ったのか？」

「作りました。誕生日を祝うお菓子は、少しでもおいしいほうがいいなと思って。全部の工程を、自分の手で真心をこめて作ったんです」

　さらにひと口、ヴォーゲンハイト辺境伯はケーキを口に運んだ。

　目を閉じてゆっくり味わい、ふたたびぼくに向き直る。

「侮（あなど）るようなことをいって悪かった。リヒト殿下の製菓の腕前は、本物だな。アントンが『神の贈り物』だといった意味が、私にも理解できた。いったいどこで、こんな技を身に着けたのだ？　王宮の菓子職人に習ったのか」

「いえ、自分で考えました。ぼくを養子にしてくれたダニエルの領地は、あまり豊かな土地ではなくて。だから、なにか地元の食材を使って、おいしいお菓子を作って領地を豊かにできないかなって考えたんです。みんなが夢中になって、遠くから食べにきてくれるようなお菓子を作れたらいいなぁって……」

　ヴォーゲンハイト辺境伯は、フォークを皿に置き、じっとぼくを見つめた。

「まだ幼子なのに。養父の役に立ちたくて、この菓子を考えたというのか」

うぅ、顔が怖い……。目がものすごく怖いよ。叱られるのだろうか。不安になって後ずさりしたぼくに、ヴォーゲンハイト辺境伯は、ぐっと身を乗り出すようにして顔を近づけた。

「は、はい……。ダニエル、ぼくにもアントンにも、すごくよくしてくれていて。だから、少しでも恩を返したいなって思って……」

震えそうになりながら必死で告げたぼくに、辺境伯は、にやりと笑ってみせる。

「あの男の血を引く男。どんな愚息（ぐそく）かと思えば、なかなかよい子ではないか。気に入った」

よかった、叱られるわけじゃなかった。ほっとしたのも束の間、鋭い声で突っ込まれる。

「どうやって広めるつもりだったのだ。まさか我が息子に取り入り、高値で売りつけようと考えていたのではあるまいな」

図星をさされ、慌てふためくぼくに、ヴォーゲンハイト辺境伯は、冷ややかな声音でいった。

「ヴァンダール伯爵領で、なにやら風変わりな菓子が流行（はや）っているという話は、噂で耳にしておる。どうも形状が違うが、これのことなのだな」

まさか、ヴォーゲンハイト辺境伯領まで、噂が届いていたなんて。

戸惑うぼくに、彼はさらに言葉を重ねた。

「ヴァンダール伯爵領と違い、ウチには贅沢を好む者はあまり多くないのだ。私とて、ひとかけらの菓子に、銀貨一枚を支払う酔狂な趣味はない」

値段まで把握されていたなんて。どんなふうに返したらいいのかわからず、戸惑うぼくの隣で、ディータがぼそりと呟いた。

「このお菓子、食べるのやめたほうがいい……？　すごく、高いんだよね？」

「あ、いえ。これは誕生日のお祝いのケーキですから。もちろん無料です」

「でも……」

ちらりと父親の顔を見て、ディータはフォークを皿に置く。

「ディータ、好きなだけ食べるといい。たとえこの菓子に金貨一枚ふっかけられようとも、今日はお前の誕生日だ。快く支払うよ」

こわばっていたディータの顔が、ぱぁっと明るくなる。

ディータが父親におびえているように見えるから、虐げられているんじゃないかって心配だったけれど。ヴォーゲンハイト辺境伯は、ちゃんと息子にはやさしく接しているようだ。

でも、じゃあどうして、ディータはこんなに辺境伯の顔色を窺ってばかりなのだろう。

「率直にいって、こういうやり方は好かぬ。この菓子を売り込みたいのなら、最初から素直に売り込めばいい。『自分のためにわざわざ作ってきてくれたんだ』と、喜んだ我が息子が、実際にはそうではないと知れば、どうしたって傷つく。未熟な幼子は仕方がないとはいえ、大の大人が二人も揃って、そんなこともわからぬというのか」

険しいまなざしで睨みつけられ、アントンとダニエルが謝罪の言葉を口にする。

「申し訳ございませんっ……！」

「私が至らぬばかりに、ご子息を傷つけることになって、大変失礼いたしました」

恐縮しきった二人の隣で、ラフィがぴょこんと飛び跳ねた。

「ちがうよ！　りと、ディータのために頑張ってた。ディータが好きな果実はなにかな、どんな味が好きかなって。いっしょーけんめー考えて、いっぱい試して。ディータと友だちになれたらいいなって、いってたもん！」

「菓子を売りつけるために、だろう？」

「それだけじゃ……ないです」

正直にいえば、その気持ちもある。だけどいちばんは、ディータの置かれた境遇だ。

「ぼく――、ぼくが生まれたせいで、お母さんが死んじゃったんです。難産（なんざん）で、いっぱい血が出て、死んじゃったんだそうです。だから、お母さんの顔、見たことが一度もなくて。どんなひとだったかも、知らなくて……ずっと、寂しくて……」

ディータの身体が、びくっと小さく震える。ぎゅっと拳を握りしめ、ぼくを見た。

「だけどぼくにはアントンがいて、いつも味方でいてくれたから寂しくても頑張れた。ダニエルもその家族もすっごくいいひとで、今はいつも賑やかで、楽しく暮らせているんです」

「ラフィもいるよ！」

むいっと手を挙げたラフィの頭を、ぼくは「ありがと」と、そっと撫でる。

「ディータくんのお母さんも、同じようにディータくんが赤ちゃんのときに死んじゃったって聞いて……もしかしたら、ぼくと同じような、寂しい気持ちでいるんじゃないかなって思ったんです。だとしたら、その寂しいを、ちょっとでも軽くできるような存在に、なれたらいいなって思って……」

ディータの瞳が、みるみるうちに潤んでゆく。次の瞬間、ほろりと空色の瞳から涙が零れ落ちた。同時に、ぴこんとディータの頭から、犬の耳みたいな獣耳が現れる。

「ディータ！」

すばやく軍服の上着を脱ぎ、ヴォーゲンハイト辺境伯はディータの頭にかける。

周囲にざわめきが起こり、皆の視線がディータに集中した。

「まさか、ヴォーゲンハイト辺境伯、あなたのご子息は……」

アントンの問いかけが、ヴォーゲンハイト辺境伯の声に掻き消される。

「中止だ！　今日の誕生日会は中止する。息子は体調が悪い。せっかく集まってくれて申し訳ないが、失礼する」

上着で頭を隠したまま、ヴォーゲンハイト辺境伯はディータを抱き上げる。

「後は頼む」

部下と思しき軍人にそう告げると、辺境伯はディータを抱き上げたまま屋敷に駆けこんでいった。

第八章　ディータのひみつ

ヴォーゲンハイト辺境伯とディータのいなくなった庭園。突如、もくもくと煙のようなものが立ち込めた。

「わ、なんだ、これ」

心配になって、ラフィを抱き寄せる。すると、ラフィはくん、と匂いを嗅ぎ、「魔法だね！」といった。

「魔法？」

「うん。魔法だよ。ほら、見て」

周りのひとたちが、立ち眩（くら）みを起こしたかのように、次々と地面に膝をつく。

「アントン！　お父さま！　大丈夫ですか!?」

二人に駆け寄り、ぼくは声をかけた。

「大丈夫……です。リヒト殿下は大丈夫ですかっ」

ふらふらしながら、アントンが立ち上がる。

「ぼくは平気。なんでかな……」

みんな具合が悪そうにしゃがみこんでいるのに。なぜかぼくとラフィは全然平気だ。

「レヴィの首飾りのおかげだよ。これ、魔法、ないないするの」

首から提げた雪の結晶のペンダントを指さし、ラフィが教えてくれた。

「ん……？　おや、ヴォーゲンハイト辺境伯とご子息は、どこへ？」

ダニエルが不思議そうに周囲を見渡す。いつのまにか、煙はどこかに消えていた。

「今日の主役だってのに。二人とも、どこにいっちまったんだ？」

アントンまで、怪訝そうに周囲を見渡す。

「ディータくんの具合が悪くなったから、誕生日会は中止するって」

呟いたぼくに、二人は心配そうな顔をした。

「具合が悪い？　大丈夫ですかね。あの子、とても身体が弱そうだし、心配ですね」

アントンの言葉に、ぼくは違和感をおぼえた。

「ねえ、ラフィ、もしかして……」

小声でラフィに声をかける。

「もくもく、たぶん『記憶を消す魔法』。耳、見られちゃったの、ないないしたのかも……」

この国では、獣と人間の結婚は固く禁止されている。ディータの頭に犬耳が生えていたということは、おそらく獣人や魔獣との間にできた子どもだということだ。

「もしかして、だからディータは、あんなにも人目を気にして、父親の顔色ばかり窺っているように見えるのかな」

父親に暴力を振るわれているとか、虐げられているとか、そんな理由じゃなく。あの耳を隠すために、必死だったのかもしれない。

「何の話です？」

アントンに不思議そうな顔をされ、ぼくは慌てて首を振った。

「なんでもないよっ。ところで、お手洗いはどこかな」

獣耳やしっぽを隠すのには、とても魔力がいるのだそうだ。どんな魔法でも器用に操るレヴィでさえも、面倒くさがって耳やしっぽは消そうとしない。

ディータは人前に出るたびに、魔法で耳やしっぽを隠しているのだとしたら――そのたびに、たくさんの魔力を使っているということだ。

剣術の稽古を嫌がり、部屋にこもりがちだというディータ。こもるのが好きなわけではなく、耳を隠すのが大変で、あまり部屋の外に出られないのかもしれない。

「ラフィ、行こう。ディータのところへ」

小声でラフィに声をかけ、ぼくはトイレに行くふりをして、辺境伯の館に侵入した。

館に入ってはみたものの、ディータがどこにいるのかわからない。

「ディータの部屋、どこかな」

周囲を見渡して途方に暮れるぼくに、ラフィが「任せて！」と胸を張る。

うさ耳姿のまま四つん這いになって、ラフィは、くんくんと床の匂いを嗅いだ。

「こっち！　ディータのにおい、する！」

ラフィはそういうと、四つ足で軽やかに駆けだす。

「え、ちょ、ちょっと待って！」

人型になっても、二本足で歩くより、四本足で歩くほうが慣れているのかもしれない。

ラフィはものすごく早くて、ぼくの足ではなかなか追いつけない。

「こっちだよ！」

ラフィは四つ足のまま、ぴょこぴょこと階段を駆け上がってゆく。

へろへろになりながら、ぼくはラフィを追いかけた。

「ここ！」

二階の最奥、ラフィは扉の前で叫んだ。ノックをしたけれど、なんの反応もない。

「本当に、ここ？」

「ほんとだよ！　ディータ、いるよね？」

ラフィは扉に向かって声をかけ、勝手に開けてしまった。

「わ、だめだよ、ラフィっ……」

慌てて止めたけれど、もう遅い。ラフィは部屋の中央に置かれたベッドに、四つ足のまま駆けていった。

ベッドの上には、泣きじゃくるディータと、彼を抱きしめ、慰めるヴォーゲンハイト辺境伯の姿があった。

ぼくらの姿に気づき、ディータは慌てて耳を押さえる。消したいのに、うまく消せないのかもしれない。慌てふためくディータに、ぼくは告げた。

「耳もしっぽも、消さなくて大丈夫。絶対に誰にもいわない。約束するから」

そっとベッドに歩み寄ったぼくに、ヴォーゲンハイト辺境伯が険しい声音でいった。

「出ていってくれ」

息子の獣耳を、誰にも見せたくないのだと思う。気持ちはわかる。獣人との婚姻は重罪だ。

爵位も領地も没収されるし、下手をしたら死罪だ。見せしめのために殺されかねない。

「絶対に、誰にもいいません。ぼくの親友は、このとおり獣です。獣や獣人と結婚しちゃいけないなんて決まり、間違ってると思ってます。だから――」

「今すぐ出ていってくれ」

ふたたび、ヴォーゲンハイト辺境伯がぼくらを拒絶する。ぼくは、それでも諦めなかった。

「ずっと、部屋に引きこもらせておくわけにはいかないですよね？　いつかは、外に出なくちゃいけない日が来るはずだ」

びくん、とディータの身体が震える。

「大人になれば、もっと耳やしっぽをうまく隠せるようになる。それまでの辛抱なんだ」

ぎゅっとディータを守るように抱きしめ、ヴォーゲンハイト辺境伯はいった。絞り出すような声に、胸が痛くなる。

「残念ながら、大人になっても完全に隠すのは難しいと思います。ぼくの知り合いにものすごく強い魔力を持った神獣がいるんです。彼でさえ、耳やしっぽを隠すのは大変だっていうんです。短い時間なら隠せるけど、ずっと隠しているのは無理だっていってました」

唇を噛みしめ、ヴォーゲンハイト辺境伯は苦しげに呻く。ディータを抱く彼の腕に、力がこもるのがわかった。

偏屈な人だってアントンはいっていたけれど。もしかしたらそれは、亡くなった彼の奥さんや、息子のディータを守るためなのかもしれない。

彼はずっと秘密を抱えて、ここで生きてきたのかもしれない。

「ディータはなにも悪くないのに。隠れて生きなくちゃいけないなんて、おかしいです」

ぼくの言葉に、ディータが、えぐっとしゃくりあげる。

ずっと、辛い思いをしてきたのかもしれない。気を抜くと耳が出ちゃうから、友だちも作れなかったのかもしれない。

だから、せっかくの誕生日会なのに、誰一人として彼と同じくらいの年ごろの子が、いなかったのかもしれない。

「ぼくの兄は、父ほど残酷な人間じゃないです。次期国王、第一王子のリアムは、能力なしのぼくにも、他の兄弟と違って、酷いことをしませんでした」

殺されそうになったぼくを、生かそうとしてくれたのも兄だ。

「兄が王になったら、決まりを変えてもらえるように、ぼくが頼みます。そしたら――ディータも堂々と、耳を出したままで外を歩けるようになるよ。今でもダニエルの領地なら、耳を出していても平気だよ。もし思いっきり耳としっぽを出して外で遊びたくなったら、ウチに来たらいい。誰も、耳やしっぽのことを、からかったりしないから。そうだよね、ラフィ?」

「耳、しっぽ、だいじょぶ！　みんな、やさしくしてくれるよ！」

領主であるダニエルの人徳だと思う。最初のうちは、ラフィの耳やしっぽを不気味がった領民たちも、今ではラフィをとてもかわいがってくれている。犬耳のディータが遊びに来たとしても、きっと誰も、邪険にはしないだろう。

「きみは、汚らわしいって思わないの……？　ぼくは、獣人と人間のあいだに生まれた子どもなんだよ……」

嗚咽交じりに、ディータがつぶやく。

「汚らわしい？　なんで？」

首をかしげたぼくに、ディータはさらに問う。

「なんでって……獣人の血が流れているんだよ。いきなり凶暴になって、襲ってくるかもしれない、とは思わないの？」

ぼくは、さらに首を傾げた。

「確かに、世の中には凶暴な獣もいるのかもしれないけど。ぼくは、獣よりも凶暴で醜い心を持った人間を見て育ってきたからなぁ……」

気に喰わない家臣を、生きたまま獣に食わせたり、実の息子にとことん辛く当たったり、そんな人間を見て育ったぼくにとって、獣以上に人間のほうが恐ろしい存在だ。

ラフィもレヴィも、森の獣たちは、誰もぼくに酷いことをしない。むしろやさしくて、いつだって味方でいてくれる頼もしい仲間たちだ。

「ぼくの親友は、幻獣のラフィなんだ。今は人間の形をしてるけど、ふだんはもっふもふの獣だよ」

カーバンクルというのは、明かさないほうがいい気がした。

「ラフィはね、カー……んー！」

自己紹介しようとしたラフィの口を、慌ててふさぐ。

「ディータのお母さんは、犬の獣人？」

「犬じゃないよ。フェンリルの……幻獣」

「幻獣？　ラフィといっしょ！」

大喜びして、ラフィがぴょこぴょこ飛び跳ねる。

「きみも、幻獣なの……？」

おずおずと、ディータが尋ねる。

「うん。ラフィはね、カー……」

カーバンクル、といいかけ、ラフィはぼくの顔色をうかがった。

もう明かしてもいいと思う。むしろ明かしたほうが、ディータは安心してくれるだろう。

こくっとうなずいたぼくの意図に気づき、ラフィは前髪を上げて、額の魔石を見せる。

「ラフィはカーバンクルの幻獣！　ディータ、仲間だね！」

ディータの顔が、ぱぁっと笑顔になる。空色の瞳に涙をいっぱい浮かべたまま、ディータは微笑んだ。

「母さんの記憶、全然ないし。僕、自分以外の幻獣に会うの、初めてかも」

「幻獣ってね、すっごく少ないんだって。レヴィがいってたよ。ラフィもうれしい！」

うさ耳をぴょこぴょこ揺らして喜ぶラフィに、ディータも犬耳をぴんっと立てて答える。

「二人とも……友だちに、なってくれる？」

不安そうに、ディータがぼくらに問う。

「なるー！」

「もちろん」

勢いよく飛びかかってくるラフィを、ディータは戸惑いながらも、しっかりと抱きとめた。そんな二人を見て、ヴォーゲンハイト辺境伯が瞳を潤ませる。

「まさか、この子が獣人だと知ってなお、友人になってくれる子が現れるとは……」

ほろりと涙を溢れさせたヴォーゲンハイト辺境伯が、ぼくに向き直る。

「リヒト殿下。大変申し訳ないことをした。秘密を隠し通すため、リヒト殿下を養子として迎えることはできなかったのだ」

「全然、気にしてないです。ダニエル、とってもいい人だし。あの領地に行かなかったら、ラフィにも会えなかったから」

「ラフィ、りと、だいすき！」

むぎゅっとラフィが、ぼくに抱きついてくる。

「しかし、あの父親から、こんなにも出来た息子が生まれるとは――リヒト殿下は、母君、ヘンリエッタ妃に似たのだな」

「ヴィルヘルム閣下は、ぼくの母上のことをご存じなんですか」

「ああ、すばらしい女性だったよ。ヘンリエッタ妃、きみのお母さんは、海の民、アズール国の、姫君だったのだ。あの男が美しいヘンリエッタ妃を見初め、強引に輿入れさせた」

元々は独立国家だった島国、アズールを軍事力で一方的に併合し、国王の三女、ヘンリエッタを『戦利品』のごとく、強引に王宮に連れ去ったのだそうだ。

「まだ幼いリヒト殿下に、告げることではないとは思うのだが――」

なにかをいいかけ、ヴォーゲンハイト辺境伯は口をつぐむ。

「続けてください。どんな内容だとしても、ぼくは平気ですから」

見た目は五歳児だけれど、中身は二十八歳プラス五歳の大人だ。なにを聞いても、受け止められる自信がある。

「ヘンリエッタ妃は、出産時の大量出血で亡くなったわけじゃない。彼女は、聖印を持たずに生まれてきたリヒト殿下の将来を危ぶみ、殿下を連れて逃げようとしたのだ」

聖印を持たずに生まれてきた王族は、用なしとみなされ、殺される。

そのことを知った母上は、なんとかしてぼくを助けようと、王宮から逃げ出すことを計画したのだという。

「もしかして――」

ヴォーゲンハイト辺境伯は眉根を寄せ、悲痛な声で告げた。

「あの男が殺したのだ。真夜中にこっそり王宮を抜け出し、そのまま母子二人で行方をくらませようとしたヘンリエッタ妃を捕らえ、自らの手で――」

どんな話を聞いたって平気だ。そう思っていたのに。

真っ暗な王宮を、赤子だったぼくを抱いて、一人きりで駆ける母の姿を想像したら、たまらなく胸が苦しくなった。涙腺が熱くなって、ぽろぽろと涙があふれてくる。

「りと……」

むぎゅっとラフィがぼくを抱きしめてくれた。おずおずと、ディータがぼくの背中をさすってくれる。

アントンは、知っていたのだろうか。知っていて、ぼくのために黙っていてくれたのだろうか。

悲しみと怒りがごちゃ混ぜになって、どうしていいのかわからなくなる。

そのとき、アントンの声が聞こえてきた。

「リヒト殿下！　リヒト殿下！　どこにおられるのですか」

聞き慣れた声に、はっと我にかえる。

「まずい。アントンが来ちゃった。ディータの耳、隠さなくちゃ」

急いで上着を脱いで、ディータにかけようとして、すでにディータの耳がなくなっていることに気づいた。

「あれ、耳は……？」

「リヒトのおかげ。ちゃんと、消せたよ」

ディータは感情が不安定になると、耳を消せなくなってしまうのだそうだ。

ほっと脱力した直後、扉をノックする音が響く。

「リヒト殿下。こちらに、リヒト殿下はいらっしゃいませんか」

屋敷は三階建てで、ヴァンダール伯爵の屋敷ほどではないにしても、それなりの広さがある。それなのに、あっさりぼくの居場所を見つけ出すなんて、アントンはやはり、ものすごい野生の勘の持ち主だ。

「いるよ。だけど、ここはディータの私室だ。勝手に扉を開けたらダメだよ」

ぼくは扉の向こうのアントンに、そう告げた。

ディータはにこっと笑って、扉に視線を向ける。

「いいよ、あの人はリヒトの味方なんだよね。それなら、僕にとっても敵じゃない」

ディータは扉に視線を向けたまま、照れくさそうに頬を染める。

「リヒトのこと、友だちだって、思っていいんだよね」

「もちろん！」

「ラフィも！」

ようやく、ディータがぼくのほうを向いてくれた。照れたように笑って、手を差し出してくる。ぼくは、右手でディータと手をつなぎ、左手でラフィと手をつないで、アントンの待つ扉まで走った。

第九章　ガラスの温室と木いちごシューショコラ

真新しいガラス張りの温室が、日差しを浴びてキラキラときらめく。

まばゆさに、ぼくは思わず目を細めた。

きょうは領地内に新しくできた、カカオ栽培用温室のお披露目の日だ。温室をひと目見ようと集まった領民たちから、「おぉ！」と歓声が湧き起こった。

「なるほど。透明なガラスで風よけを作れば、寒さに弱い植物も育てられるようになるんですね」

温室を見るのが初めてなのだと思う。心底感心したように、領民が温室を見上げる。

「そうなんです。地下に温水の流れるパイプを通しているから、あったかい場所でしか育たない植物も、これなら育つと思うんです」

ディータの誕生日会に持参した純白生クリームとチョコレートのバースデイケーキが話題になり、国内の様々な領地から、菓子の注文が舞い込んでくるようになった。

直接買いつけにくる商人や美食家も多いため、いつのまにかダニエルの治めるこの地、

『名もなき荒れ地』には、たくさんの人が訪れるようになった。

彼らが宿泊するための宿屋やチョコレート菓子を扱う店、食事や飲酒のできる酒場など、さまざまな店や露店が並び、新たな産業や雇用が生まれた。

さらに多くの人に、この地を訪れてもらえるように。チョコレートの原材料、カカオの実が実際に、なっているところを観察し、収穫を体験することのできる観光農園を、密林の外に作ることにしたのだ。

今回の温室づくりは、その試みの第一弾。ヴォーゲンハイト辺境伯領の名産品、透明度が高く丈夫なガラスを使って、アントンをはじめ、力自慢の領民たちが手作りしてくれた。

地下にパイプを通し、ほかほか温かな川の水を流しているため、温室内は密林と同じくらい暖かい。

昨日できあがったばかりだけれど、ぼくが水をまくと、温室のまわりに植えたシェイドツリー用のバナナの木も、温室内のカカオの苗も、あっというまに芽を出した。

どういう仕組みなのかわからないけれど、ぼくが水をまくと、どの植物も驚くような速度で成長するのだ。

きっと数日も経たないうちに、お客さんに収穫を楽しんでもらえるだろう。

密林の外でもカカオを栽培できるようになれば、チョコレートの生産量も増え、領民たちの新たな収入源になる。

観光客の増加と、チョコレートの増産。温室を活用することで、ますますこの領地を豊かにできるはずだ。

「この温室を見に、たくさんのお客さんがやってくると思うんだ。建てるのを手伝ってくれたみんなや、無償(むしょう)でガラスを提供してくれたヴォーゲンハイト卿のおかげだね。おいしいおやつを作って、ディータの家にお礼に行かなくちゃ」

この国では獣人や獣は、蔑みの対象だ。ディータが獣人だということを知っていて、それでも友だちでいるぼくのことを、ヴォーゲンハイト卿はありがたく思ってくれているらしい。

差別が生まれたのには、宗教や歴史、さまざまな要因があるのだと思う。

だけど外の世界から来たぼくからしたら、獣や獣人を差別する感覚は理解不能だ。ディータはやさしくてとてもいい子だし、感謝なんかしてもらう必要はまったくないのだけれど。この国で王に次ぐ力を持つヴォーゲンハイト卿に懇意(こんい)にしてもらえるのは、とても心強い。

「今回はどんなおやつを持っていこうかな」

温室のなか、すくすくと育つカカオの木を眺めながら、ぼくはディータの喜ぶ顔を思い浮かべる。

「手づかみでもぐもぐできるお菓子がいい!」

ぼくの足にしがみつくようにして、ラフィが元気いっぱい叫んだ。

「手づかみで食べられるお菓子か。いいね、じゃあ、シューショコラを作ろう」

「しゅーしょこら？」

「ココア風味のふんわりさっくりしたパフ生地に、濃厚なチョコレートクリームをたっぷり詰め込んだ焼き菓子だよ」

ココア味のシュークリームのてっぺんに、エクレアのように、とろりとチョコレートをかけたお菓子。生前、ぼくの店で大人気だったお菓子のひとつだ。

チョコレートクリームの濃厚さと、いっしょに挟んだ甘酸っぱいいちごの酸味が絶妙で、できあがるそばから売れていく看板商品だった。

この国にはふつうのいちごはなさそうだから、木いちごやベリー類で代用してみたいと思う。

そうと決まったら、さっそく材料調達だ。

「みんな、おいしいデザートを作ってあげるから、木いちごを摘んできてほしいんだ。赤くてちっちゃい果実だよ」

以前は密林から決して出てこなかった獣たちが、最近は外に出てきて領民といっしょに作業をするようになった。

密林で育てたカカオは、密林内で発酵させた後、密林の外で乾燥し、カカオマスに加工している。

獣たちは発酵し終わったカカオを森の外に運び出し、領民とともに、乾燥作業も手伝ってくれているのだ。

報酬はチョコレートのおやつ。彼らもお金ではなく、おやつ目当てで、ぼくのチョコレート作りを手助けしてくれている。

最初のうちは獣に対して警戒心を抱いていた領民たちも、領主ダニエルが積極的に彼らを受け容れ、やさしく接しているのを見て、段々と同じように温かく迎え入れてくれるようになった。

残念ながら、人間の言葉を話せるのはラフィとレヴィだけだ。

ぼくの言葉をラフィが獣たちに通訳すると、みんな、ぴょこぴょこ飛び跳ねて、元気いっぱい鳴き声をあげた。

「きゅーー！」

「がおーぅ！」

狼やトラ、クマやゴリラ、野ウサギやカピバラ。ぱっと見、ちょっとこわい獣もいるけれど、動きはコミカルでとても愛らしい。

のっしのっし、ぴょんぴょん、みんなそれぞれのペースで、木いちごを探しに行く。

「みんなが木いちごを探してくれている間に、シュー生地とチョコレートクリームを作ろう。ラフィもお手伝いする？」

「するー！」

密林のなかは暑くてチョコレートが溶けやすいから、仕上げの工程は、森の外、領地内に建てた工房で行っている。

獣毛が落ちないよう、人型になって三角巾とスモックタイプのエプロンを身につけたラフィを連れて、厨房に向かう。

相変わらず、人型になっても耳としっぽは出たままだ。大きなしっぽをスモックのなかにしまうと、お尻の部分がぽっこり膨らんでとてもかわいらしく見えた。

「まずはシュー生地だ。鍋に水と牛乳、バター、砂糖と塩を入れて、混ぜながら温めて……」

吹きこぼれる直前まで熱したら、ふるった薄力粉とココアパウダーを入れ、火を止めて粉っぽさがなくなるまで混ぜる。

鍋底に膜が張り、生地がひとまとまりになったところで、火から下ろして溶き卵を少しずつ混ぜ合わせてゆく。

必要な卵の量は、生地の温度や小麦粉の吸水量などによって変わってくる。木べらから、きれいな正三角形を描くように落ちる硬さになったらベストだ。

「よし、これでいける……！」

絞り袋に入れて天板の上に絞り出し、卵黄をつけたフォークでてっぺんをならして軽く格子模様をつけたら、あとは焼くだけだ。

アントンが造ってくれた手作りの石窯で、シューを焼き上げる。

ふんわり焼き上げるコツは、卵の分量を適正にすることと、できあがった生地が冷める前に手早く焼くこと、途中で石窯の蓋を開けて冷気を流し込んだりしないことだ。

前の世界で使っていたオーブンと違って、温度調整機能がないから、火加減がとても重要になってくる。

以前は完全に手探り状態だったけれど、ヴォーゲンハイト卿が熱に強い強化ガラスをくれたおかげで、石窯のなかのようすを目で見て確認できるようになった。

「このガラス窓、本当にありがたいな。シューはちゃんと焼ける前に蓋を開くと、しぼんでぺちゃんこになっちゃうから。ガラス越しになかを確認できるの、すっごく大切なんだ」

しっかり予熱した石窯。シューのようすを見ながら、火加減を調節する。

焼き上がって火を消した後も、まだ蓋を開けてはいけない。

そのまま余熱で乾燥させつつ、チョコレートクリームを作る。

バニラの代わりに甘い香りのするハーブを使ってカスタードクリームを作り、刻んだチョコレートに沸騰させた生クリームを加えて作ったとろとろチョコレートソースと混ぜ合わせたら、こっくり濃厚なチョコレートクリームの完成だ。

「ほぁ、甘くていい匂い！」

物欲しそうな顔で、ラフィが鍋に指を突っ込もうとする。

「ラフィ、やけどしちゃう。危ないよ！」

慌てて止めたけれど、遅かった。ラフィは「あちっ」と飛び跳ね、カーバンクル姿に戻ってしまった。

「うう、お手伝いしなくちゃなのに……」

真っ赤に腫(は)れた指を冷水に浸してあげると、ラフィはしょぼんとしっぽを垂らしてうなだれた。

「ラフィには特別に、味見のお手伝いをしてもらいたいな。もうすぐ完成するからね。できる？」

「できる！」

ぴこーんと耳としっぽを立て、ラフィは元気いっぱい答えた。

木いちごを摘み終わった獣たちが、続々と工房の前に集まってくる。

「ラフィ、やけどが痛いの、収まったら、みんなから木いちごを貰ってきて」

「もらってくる！」

元気いっぱい飛び跳ね、ラフィは工房の外に駆けていった。

焼き上がったシューを石窯から取り出し、上部をカットしてチョコレートクリームを絞り出す。クリームの上にスライスした木いちごを載せ、カットしたシューで蓋をしたら、とろりとチョコレートをかける。

これだけでも充分おいしいけれど、さらなる高みを目指したい。

固まりかけのチョコレートコーティングに、レヴィの魔法で乾燥してもらったフリーズドライ木いちごを砕いてトッピングして、ホワイトチョコレートのアイシングで波模様を描く。

てっぺんにちょこんと丸のままの木いちごを載せたら、見た目も味もパーフェクトな『木いちごシューショコラ』の完成だ。

「できた！　ラフィ、味見をお願い」

おいしいのは分かっているけれど、ラフィに『ちゃんとお手伝いしたよ！』って思わせてあげたい。

ラフィはこくっと頷いて、真剣な表情でシューショコラを掴んだ。

ちっちゃな両手で口元に運び、あむっと思いきり口を開いて大口でかぶりつく。

「ほぁ！　ふわふわ、うまー！」

興奮した声で叫んだ後、ラフィは瞳がこぼれ落ちそうなほど大きく目を見開き、更にひとくち頬張った。

「さくふわのなかから、とろっとろクリーム！　あまあまチョコとあまずっぱ木いちご、いっしょに食べるの、おいしいね！」

夢中になって頬張るラフィの隣で、ぼくも試食してみた。

さっくり焼き上がったシュー生地に、たっぷり詰まったこっくり濃厚なチョコレートクリーム。もぎたて木いちごのフレッシュな甘酸っぱさと、フリーズドライ木いちごのサクサク食感が絶妙で、確かにこれは叫びたくなるおいしさだ。

「ふだんはいちごで作っていたけど、木いちごで作ってもおいしいな」

ほんのり感じる木いちごのえぐみが、繊細な菓子に野性的な魅力を与えてくれている。深みのあるチョコレートのコクと、とてもよく合うのだ。

「みんなにもお礼に配らなくちゃね！」

チョコレートクリームでべたべたになったラフィの口元を拭い、できたてのシュークリームを持って、工房の外に出る。

大きな獣たちには、小さすぎるおやつだ。期待に満ちあふれた顔で待機していたレヴィが、シューショコラを獣たちの身体の大きさに合わせて魔法で大きくしてくれた。

彼らは器用に前足を使って、シュークリームを食べる。

「うん、このお菓子もすばらしくおいしいね！　特にこの、こっくりした特濃のチョコレートクリーム。これだけを永遠に味わっていたいおいしさだ」

甘党のレヴィらしい褒め言葉だ。おかわりを欲しがる人型の彼に、ぼくは「ごめんなさい」と頭を下げる。

「今回のおやつは、ディータへのお土産なんです。届け終わったら、また焼きますから。後日でもいいですか」

レヴィの虎耳が、しょぼんと垂れる。外見はクールな美形なのに。お菓子のこととなると、ラフィと変わらなくなってしまう。

耳やしっぽ、全身でガッカリ感を露わにしながらも、レヴィはちいさなビー玉のようなものを、ぼくにいくつかくれた。

「おいしいお菓子を作ってくれたお礼に、これをあげよう」

「なんですか、これ」

「僕の魔力を、このなかにこめてある。青い玉は瞬間冷凍の魔法だ。これがあれば、一瞬でなんでも凍らせられるよ」

真っ青な玉を指さし、レヴィは教えてくれた。

「黄色い玉は、陽差しの魔法。この玉があれば、どんなに暗い場所でも、陽差しを浴びているみたいに、明るく見える。この玉をくっつければ、様々なものを温めることもできるよ。そして赤い玉は、大きさを変える魔法だ。『大きくなれ』『小さくなれ』と命じれば、どんなものも好きな大きさに変えられるんだ」

「そんなすごいもの、ぼくに渡して大丈夫ですか」

「リヒトだから、だよ。きみなら絶対に悪用しないと、信じられるからね。ただし、取り扱いには注意しなくてはいけないよ。悪用されたら大変なことになる。念のため、すべての玉にきみの声にしか反応しない魔法をかけておこう。そうすれば、効果を発動したいときも、取りやめたいときも、リヒトの声にしか反応しない」

「ラフィは？　ラフィもその玉、ほしいな」

うらやましそうな顔で、ラフィがレヴィを見上げる。

「ラフィはもうちょっと大きくなってからだよ」

ラフィのほっぺたが、むぅっと膨らむ。ふてくされたラフィは、ぼくに体当たりしてきた。

「リヒトだけ、ずるい！」

「ごめんね、ラフィ。そのかわり、この玉を使っていいものを作ってあげるよ。すっごくおいしいお菓子だ」

青い玉をつまみあげ、ぼくはそう告げた。

「おいしいおかし……！」

ぴんっとうさ耳が立ち、ラフィの瞳がキラキラと輝く。

「おっかし、おっかし！」

あっというまに機嫌を直し、ラフィはぼくのまわりをくるくると駆け回った。

「お土産も完成したし。お父さまやアントンに、ディータの家に行く許可をもらわなくちゃ」

ラフィの頭をひと撫でし、ぼくはダニエルの館へと走った。


できあがったお菓子を持って、アントンの馬車で辺境伯領に向かう。

「ボクもディータに逢いたい！」といって、人型に変化したラフィもいっしょについてきた。

相変わらず人型に変化しても、純白の長いうさ耳ときつねみたいにふさふさの大きなしっぽは残ったままだ。周囲から好奇や蔑みの眼差しを向けられても、ラフィは少しも気にしない。むしろ、耳としっぽが生えていることを、誇らしく思っているようだ。

ヴィルヘルム邸の前で、ディータが出迎えてくれた。

「ディータ、ひさしぶり！」

勢いよく馬車から飛び出し、ラフィはディータに駆け寄る。

「久しぶり。元気そうだね、ラフィ」

「げんきいっぱい！　ディータもげんきそう」

むぎゅーっと抱きつくラフィをしっかり抱き止め、ディータはほほ笑んだ。

「リヒトも元気そうだね。先月会ったときよりも、少し背が伸びた？」

「伸びたよ。でも、ディータのほうが伸びたよね？」

初めて出会ったときは、ぼくのほうが背が高かったのに。ディータは育ち盛りで、ここのところぐんぐん成長している。

しかも胴体の長さはそのまま、手足だけ伸びているようで、スタイルがとてもよい。

今の愛らしいディータからは想像もつかないけれど、将来はヴォーゲンハイト卿のように、長身でがっしりした勇猛な騎士になるのかもしれない。

「どうかな。同じくらいかも」

「くらべっこする？」

ラフィの提案で、ぼくとディータは背比べをすることになった。

背中をくっつけあって、アントンに判定してもらう。

「うーん……大変申し上げにくいのですが……」

「ディータの勝ち！　ディータ、いっぱいおっきい！」

言葉を濁したアントンに変わって、ラフィが残酷な事実を突きつけてくる。

前世でも、ぼくはあまり背が高い方じゃなかった。友だちに背丈を抜かれるのは慣れているとはいえ、ちょっと辛い。

「仕方がないよ。僕のほうが年上なんだから。あと一年もしたら、リヒトは今のぼくより大きくなってるんじゃないかな」

しょんぼり肩を落としたぼくに、ディータは慰めの言葉をかけてくれた。

「きょうもおやつ、持ってきたよ！　食べる？」

ラフィが無邪気な瞳でディータを見上げる。ラフィはぼくやディータより背が低いことを、ちっとも気にしていないようだ。

人間と違って幻獣の成長には、とても時間がかかるらしい。ラフィの実年齢は数十歳。ぼくどころかアントンやダニエルよりも年上だけれど、言動も外見も三歳くらいの子どもにしか見えない。

「食べる！　アニーがおいしい紅茶を用意してくれているんだ。行こう」

ディータは右手でぼくの手を、左手でラフィの手を掴む。あんなに引っ込み思案だったのに、今は辺境伯家の跡取り息子にふさわしい、堂々としたふるまいをするようになった。おまけに読書家だから、とても博識で、六歳の子どもとは思えない大人顔負けの流ちょうな話し方をする。

ヴォーゲンハイト卿の邸宅は、質実剛健。王宮やヴァンダール卿の邸宅と違い、華美な装飾はほとんどない。

とはいえ、辺境伯領の職人たちの技術力は王都を上回るといわれており、内装や調度品は、どれもがシンプルながらも洗練されている。

応接室も、この領地の名産品、透明度の高いガラスをふんだんに利用した、明るい日差しの差し込む広々とした部屋で、飾り気はないものの、とても居心地がいい。

持参したシューショコラをテーブルに並べると、ぱぁっとディータの顔が明るくなった。犬耳としっぽがぴこーんと現れ、ふさふさのしっぽがぶんぶんと大きく揺れる。

「まあ、ぼっちゃまったら。大好きなリヒトさまとラフィちゃんが遊びに来てくださったのが、よっぽど嬉しいのですね」

紅茶を持ってきてくれたディータの乳母アニーが、揺れ続ける大きな尻尾を見やり、やさしく目を細める。

真っ白な髪をひとつに結った、ふくよかな老女。幼いころに母親を亡くしたディータにとって、彼女は母親や祖母のような存在なのだと思う。

ぼくは彼女にも、「どうぞ召し上がってください」とシューショコラを差し出した。

「まあ、私にもくださるのですか」

甘い物が大好きなアニーは、恐縮しながらも大喜びしてくれた。

笑顔のアニーを眺め、ディータも嬉しそうだ。

「あーあ、もっと気軽にリヒトに逢えたらいいのになぁ。毎日会えるくらい、リヒトたちの家が近かったらいい」

こぢんまりとした『名もなき荒れ地』と違い、ヴォーゲンハイト辺境伯領は広大だ。領地の中心部にあるこの家まで、ぼくの家から馬車で半日以上かかる。

「リヒトさま、今日は泊まっていかれるんでしょう?」

「その予定です。いつもお世話になります」

ぺこっと頭を下げたぼくに、アニーは感心したように呟く。

「リヒトさまは、五歳とは思えないほど、しっかりしていらっしゃいますね」

「え、や、そんなことはっ……」

中身が大人だということがバレてしまわないよう、ぼくは子どもらしさをアピールしようと試みる。

ずずっと音をたてて行儀悪く紅茶を飲もうとして、やけどしてしまった。

「熱っ……!」

別の意味で子どもっぽさを露呈することになってしまった。舌を出して身もだえるぼくに、「まあ大変」とアニーはさました白湯を持ってきてくれた。

大声をあげたせいで、執務室で仕事をしていたヴォーゲンハイト卿が心配してようすを見に飛んできた。

国境防衛軍の元帥を務める彼は、長身でがっちりしていて、顔立ちも凛々しく怖く見えるけれど、実際にはものすごく子煩悩で、ディータのことをなによりも大切に思っている心やさしい父親だ。

「ごめんなさい、大げさに騒いでしまって……」

謝罪ついでに、ぼくはヴォーゲンハイト卿のために作ってきたタブレットチョコレートをそっと差し出した。

甘いものがあまり得意ではないという彼にも楽しんでもらえるよう、カカオ八十%、甘さ控えめでこっくり濃厚なビターチョコレートだ。ひと口大で持ち運びが容易なため、補給食や眠気覚ましとしても使える一品で、表面にはヴィルヘルム家の家紋、金獅子(きんじし)の模様をあしらってある。

「ほう、相変わらず素晴らしい技術だな。見栄えも味も、とてもではないけれど、幼い子どもが作ったものとは思えぬ」

感心したように、ヴォーゲンハイト卿は、つやつやのタブレットをじっと見つめる。

「この才能、活かさずに埋もれさせるのはもったいない。――リヒト、『万国博覧会』に出展してはどうだね」

「『ばんこくはくらんかい』？」

「ああ、大陸中から腕利きの職人が集結して、その国の技術を競い合うんだ。我が領地からも、ガラス工芸や刀鍛冶、建築や陶芸、製菓など、さまざまな技術者が参加しているんだよ」

大陸中の腕自慢が集結する万国博覧会。そこで技術力を証明すれば、国内だけでなく、他国からも注目されることになるのだそうだ。

チョコレートの魅力を世に広める大チャンスだ。

「出展したいです！　どうしたら参加できるんですか？」

思わず身を乗り出したぼくに、ヴォーゲンハイト卿が答える。

「まずは国の代表に選ばれる必要があるな。参加には、国王陛下の許可が必要なのだ」

国王陛下の許可。どう考えても、そんなの貰えるわけがない。しょんぼりと肩を落としたぼくに、ヴォーゲンハイト卿は「ウチの職人と合同で参加してみてはどうだ」と提案してくれた。

技術力の高いこの領地では、菓子職人も凄腕ぞろい。毎年、国の代表として万博に参加しているのだそうだ。

基本的には領地ごとの参戦だが、複数の領地がひとつのチームを作って参加することもあるのだという。

「いいんですか？」

「私は構わぬ。職人たちに、一度会ってみるといい」

万博出場者選定まで、あと二か月。週に一度、菓子職人たちが集まり、出展作品考案のための会合を開いているのだそうだ。

「今週は、いつ行われるんですか」

「確か菓子の部の会合は、明後日の夜だな」

各部の会合に、ヴォーゲンハイト卿は激励のために顔を出すことがあるのだという。

「明後日の夜か……」

「やった！　リヒト、明後日までここにいてくれるってことだよね⁉」

嬉しそうにディータが叫ぶ。ぴこーんと耳が立ち、ぶんぶんしっぽが揺れた。

「ラフィもいるよ！」

「ラフィもだね。うん、嬉しいよ」

むぅっとほっぺたをふくらませたラフィの頭を、ディータが撫でる。

ディータとラフィ。なんだかすっかり兄弟みたいだ。うさ耳をしょぼんとさせたラフィが、頭を撫でてもらえてうれしいのか、ぴんっと耳を立てる。ディータのしっぽとラフィのしっぽ、二人のしっぽがぶんぶん揺れ続けて、なんだかとても愛らしかった。


二日後の夜、ぼくとラフィ、ディータは菓子部の会合に出席した。息子が夜間外出することを心配したヴォーゲンハイト卿と、いまだにぼくのことを王子だと思い続けているアントンもいっしょだ。

街の中心部にある、この地域最大だという菓子工房。ランタンの光に照らされた厨房内に、ずらりと菓子職人が集結している。

総勢六名。呆気にとられた顔で、ぼくを見下ろしている。

「領主さま。ご存じかと思いますが、万国博覧会は我ら職人にとって、なによりも大切な特別な場所なのです。そこにこんな幼児を連れていくなんて――」

「領主さまのご子息のご友人とはいえ、さすがに……」

技術力の高さが自慢のヴォーゲンハイト辺境伯領。彼らはそのなかでも屈指の菓子職人だ。

プライドもあるだろう。こんな子どもに何ができるんだ、って思って当然だ。

「あのっ……今からお菓子を作りますので、それを食べて決めてくれませんか」

ちいさく深呼吸して、ぼくは勇気を振り絞って職人たちに告げた。

「作るって、あんたがかい?」

「ええ。おいしいチョコレートの菓子を作ります。それを食べて決めて欲しいんです」

「チョコレート……あの、貧乏領地で発明されて、国中で大流行してるって噂の菓子か?」

職人のひとりが、驚いたように目を見開く。

「ええ、ぼくはその貧乏領地から来ました。領主の息子、リヒトです」

頭を掻きつつ苦笑したぼくに、職人たちの視線がいっせいに集まってきた。

「あんたみたいなガキに、なにが作れるっていうんだ」

小馬鹿にしたようにいわれ、ぼくは頭のなかに様々なデザートを思い浮かべてみた。

せっかくラフィに魔法の玉をもらったから、ディータに、今までに食べさせてあげたことのないデザートを作ってあげたい。

馬車で運ぶことのできない、とっておきのデザートだ。

たとえばすぐに溶けてしまうアイスクリームや、あつあつトロトロのデザート。その場で仕上げて味わうフレッシュなおいしさを楽しんでもらいたい。

「今回は、アフォガードを作ります！」

「あほがーど……？」

なんだそりゃ、と職人たちが怪訝な顔をする。

『アフォガード』というのは、アイスクリームやジェラートに、珈琲や紅茶、リキュールなど、温かい飲み物をかけて味わうデザートのことだ。

それをアレンジして、バニラ風アイスにあつあつトロトロ、濃厚なホットチョコレートクリームをかけるデザートにしたい。パリパリのパイと木いちごも添えて、パフェ風に仕上げるのだ。

「チョコレートは持参してきているので……牛乳と砂糖、それから、小麦粉と卵、木いちごをいただけませんか。あと、あれば生クリームも」

不審な顔をしながらも、彼らは材料を用意してくれた。

「よし、まずはアイスを作ろう！」

さっそく、レヴィの魔法の玉が役に立つ。彼が教えてくれた呪文を唱えると、青い玉がぱぁっとまばゆい光を放った。

「わ、本当に冷たい！」

玉だけでなく、玉のまわりの空気まで冷たくなっている。

光のせいで、手元に影ができて少し見づらい。

「おひさまの玉も使おう」

呪文を唱えると、黄色い玉が光を放つ。青い玉と違って、その光はまばゆさよりもやさしさを感じさせる、不思議な光だった。しかも、ビー玉サイズしかないのに、工房内全体をまんべんなく明るく照らしている。

「なんと……！　お前さんは魔法が使えるのか」

「あ、いえ……これは、借り物です。この玉をくれたひとが、凄い魔法使いで。彼の魔法を拝借（はいしゃく）しているんです」

別に、ぼくが凄いわけじゃない。そう説明して、さっそくアイス作りに取りかかる。

まずは卵黄と砂糖を泡立て器で白っぽくなるまで混ぜ、甘いハーブを入れて沸騰させた牛乳を少しずつ加えてゆく。漉し器でこして、さらに加熱し、とろみをつけたら、再度こし、青い玉で冷やしながらかき混ぜて粗熱（あらねつ）をとれば、アイスクリームのもと、アングレーズソースができる。

できあがったソースをしっかり泡立てた生クリームと混ぜ合わせ、青い玉でさらに冷やす。冷やしながら何度かかき混ぜて空気を含ませてやれば、ひんやりなめらかなバニラ風アイスの完成だ。

そこに焼きたてのパイスティックと木いちごを添え、チョコレートをとろとろに溶かした濃厚ソースの入った小鉢とともにサーブする。

「どうぞ、召し上がってみてください」

この世界には、冷蔵庫が存在しない。

王宮にはアイスクリームに似たお菓子、ソルベのようなものがあったけれど、庶民の間ではなじみがないのかもしれない。

職人たちは訝しげな顔で、アイスを眺めている。

「えっと、このソースをこうやってアイスにかけるんです。アイスっていうのは冷たいお菓子で、ソースは熱々だから……」

実際にかけてみせると、とろりとアイスが蕩けた。溶けたバニラアイスと混ざり合っても薄まらないよう、チョコレートソースはこっくり濃厚に仕上げてある。

不審な顔つきのまま、職人のひとりが、ソースをアイスにかけた。スプーンですくって、口に運ぶ。

「なんと……！　なんだ、この濃厚な菓子はっ」

他の職人たちも顔を見合わせ、次々とアイスにチョコレートソースをかける。ひとくち頬張っては、うなり声や歓声を上げた。

「いいなー。ラフィも食べたい！」

うらやましそうにほっぺたを膨らませるラフィに、ぼくはアイスをよそってあげた。

「やったー！」

大喜びするラフィにスプーンを手渡し、ディータやアントン、ヴォーゲンハイト卿の分もよそう。

「ほぁああ、ひえひえ、あつあつ！」

ぴこーんとラフィの耳としっぽが立つ。ラフィの隣でおそるおそるアイスを口に含んだディータも、同じようにぴこーんと両耳としっぽを立てた。

「すごいよ、リヒト！　僕、こんなにもおいしいデザート、生まれて初めてだよ！」

ほっぺたを赤く紅潮させ、ディータは熱っぽい声で叫ぶ。

ミルク色のアイスにとろりと絡みつく褐色のチョコレートソース。溶けて混ざり合うその濃厚なハーモニーに、ディータはすっかり虜になったようだ。

「うぉおぉ、リヒト殿下、なぜ今までこんなにすごい菓子を隠していたのですか！」

アントンまで、大げさに叫び声を上げた。

「ふむ、確かにこれはすごい。パイを崩して混ぜこむと、食感が変わってさらにうまくなるな。サクサク感がよいアクセントになって、甘いものの苦手な私でも、いくらでも食べられそうだ」

ヴォーゲンハイト卿が、感心したように頷く。

「参りました……！　まさか、ここまですばらしい菓子を作るとは。ぜひ、ご一緒願いたい。いや、ご伝授いただきたい。このすばらしい菓子で、我々とともに、戦っていただけませんか」

職人たちの口調が、いつのまにか敬語になっている。

「いえ、そんな……パイの腕前は、きっとみなさんのほうが上だと思うんです」

ディータがお茶菓子として用意してくれる焼き菓子。ガレットもパイもなにもかも、この領地で作られるお菓子は、とてつもなくおいしいのだ。

「よかったら、それぞれの得意な分野を集結させてみませんか。焼き菓子の得意な方の作る焼き菓子と、果実を使うのが得意な方の作るフルーツジュレ、プディングやババロア、ゼリーの得意な方の作る、ふるふる系デザート。そしてぼくの作る、アイスやチョコレート。色んなお菓子を使って、パフェを作るんです」

「パフェ？」

「背の高いグラスに、アイスクリームやフルーツ、焼き菓子やふるふる系デザートを加えて、生クリームやチョコレートソース、カットフルーツで飾る、おいしいもの全部のせのいがいっぱーい！」

「はわわ、おいしそ！　おいしいと、おいしい、と、おいしいと、おいしいと……おいし

最強デザートです！」

　ぴょこんと飛び跳ね、ラフィが叫ぶ。

「確かに、すっごくおいしそうだね。夢のデザートみたいだ」

　うっとりした声で、ディータも頷く。

「さっそく、作ってみませんか。ぼく、辺境伯領の職人さんが作る菓子の大ファンなんです。ぜひ、いっしょにひとつのお菓子を作らせていただきたいです」

　うずまきクッキーに、三角形で中にさくらんぼの砂糖漬けが入っているパイ、チーズ味のしょっぱいクッキーに、はちみつ味のグレーズがかかった菓子……。ディータの家でいただいておいしかった菓子を具体的に告げると、それはほとんどこの場にいる職人さんたちが作った菓子だった。

「やっぱり、みなさん、すごい腕前の持ち主なんですね！」

　ご一緒させていただけて光栄です、と頭を下げると、皆、照れくさそうな顔をした。

「よかった。おじさんたちとリヒト、なかよし！」

　ラフィがうれしそうに歓声を上げる。最初にここに来たとき、場の空気がとても悪かったことに、ラフィも気づいていたのかもしれない。

「よし。この子に負けないように、それぞれの得意分野で腕をふるうぞ！」

「俺はクッキーを焼く！」

「オレはパイだ」

「私はプディングを作ろう」

職人たちは次々と得意な菓子作りに取りかかってくれた。

あぁ、この感じ。すごくいい。

前世で仲間の職人たちと、アイデアを出し合って新商品を開発していたときに似ている。

嬉しい気持ちになりながら、ぼくもさっそく、豪華なパフェに合いそうなアイスクリーム作りに取りかかった。


「この『あいすくりーむ』って菓子は、その魔法の玉がないと作れないのか」

菓子職人の長、エルニがアイスの載った皿を手に問う。

「そんなことないですよ。氷があれば、魔法の力を使わなくても作れます」

実際に、宮廷では雪山から巨大な氷を定期的に運び込むことで、冷蔵庫や冷凍庫のような空間を作り、生肉を保存したり、ソルベのような冷菓（れいか）を作っている。

「氷か。無尽蔵（むじんぞう）に金のある宮廷ならまだしも、俺ら庶民には縁のないものだな」

ため息を吐いたエルニに、最年少のアルガーが控えめな声で告げた。

「氷栗鼠(こおりりす)を使うわけにはいかないですかね？」

「氷栗鼠？」

初めて聞く名前だ。どんな生き物なのか尋ねたぼくに、アルガーは教えてくれた。

「僕の生まれ故郷に、昔から棲んでいるリスなんです。氷栗鼠の吐く息はものすごく冷たくて、なんでも凍らせてしまうんですよ」

田畑の作物を凍らせてしまうことも多く、長いこと迫害されていた氷栗鼠。漁師をしていたアルガーの祖父が、氷栗鼠の力を借りれば魚を新鮮なまま、遠くの街に届けられるのではないか、と思いついたのだそうだ。

「辺鄙(へんぴ)な場所にあるちいさな漁村なんですけど。じいちゃんの発案のおかげで、ウチの村は豊かになったんです。ただ、今の国王陛下が即位して、獣を虐げるようになってからは、大っぴらに氷栗鼠を大事にするわけにもいかなくて……」

以前は堂々と村を闊歩(かっぽ)していた氷栗鼠も、今は巣穴に籠(こ)もり、ほとんど外に出られなくなってしまったのだそうだ。

「ネリア帝国は、獣に友好的な国ですよね。万国博覧会に氷栗鼠を連れて行って、彼らの活躍を大陸中のひとに見て貰ったら、堂々と暮らせる場所が見つかるかもしれないなって思うんです」

自分たちの村でのびのびと暮らさせてあげるのがいちばんだけれど。それができないのなら、ほかの土地でもいいから、彼らが人間と共存し、幸せに暮らせる場所を見つけてあげたい、とアルガーは常々考えているのだそうだ。

「そんな大事なこと、ここで話しちまって大丈夫なのか」

心配そうな顔をするエルニに、アルガーは、こくっと頷く。

「リヒトのいる前だから、あえて打ち明けたんですよ。リヒトなら、僕らが大切に隠している氷栗鼠を、幸せにしてくれるかもしれないって思ったんです」

アルガーの言葉に、ぎゅっと胸が苦しくなった。

ぼくの父親のせいで、名もなき荒れ地の獣たちだけでなく、様々な土地で暮らす獣が自由を奪われ、大変な思いをしているのだ。

できることなら、息子のぼくが、それを正したい。

「氷栗鼠さんに会わせてくれませんか。村の秘密、必ず守りますから」

今でも大っぴらにしていないだけで、村人たちはひっそりと氷栗鼠と交流しているのだそうだ。

巣穴に餌を運んでやり、そのお礼に、遠洋漁業船に乗り込んでもらっているらしい。

こっそりではなく、堂々と彼らが氷栗鼠と共存できるようにしてあげたい。

翌日、ぼくはアルガーの案内で、彼の生まれ故郷である、ちいさな漁村に向かうことにした。

実際に対面してみると、氷栗鼠というリスは、想像していたよりもずっと小さく、小さなその身体からは想像もつかないくらい、とてつもなく強力な冷気魔法を使える魔獣だということが分かった。

大きさは、アントンの親指くらい。それなのに、大きなクジラを丸ごと凍らせてしまえるほど、強い魔力を持っている。

氷栗鼠のおかげで、彼らの村はこの時代ではとても珍しい、遠洋漁業に行けるのだそうだ。船で何日もかかるような沖合から、氷漬けにした巨大な魚を積んで帰ってくる。

「すごいですね！　クジラを凍らせられるなんて、素晴らしい能力です」

うっかり踏みつぶしてしまいそうなほど、ちっちゃなちっちゃな氷栗鼠。

ぼくの手のひらに載った氷栗鼠を、ラフィは物珍しそうに、じーっと見つめた。

「おいしそ……」

よだれを垂らし、ラフィはぼそっと呟く。

「わ、ラフィ、絶対に食べちゃダメだよ！」

彼らはこの村にとって、とても大切な存在なのだと思う。

ちょいちょい、と前足でちょっかいをかけたラフィに、氷栗鼠は「きーっ！」と啼いて、冷気を吐きかけた。

「ほぁっ、つめた！」

ラフィの首には、レヴィ特製の魔法を無効化するペンダントがかけられている。

それでもなお、氷栗鼠の魔法は完全には無効化しきれていないようだ。

「レヴィの魔法に勝つなんて。とてつもない力の持ち主だね。氷栗鼠さん、ぼくの言葉、わかりますか」

氷栗鼠たちに向かって、ぼくはゆっくりと話しかける。

『わかるから、ムカついてるんだよ！』

氷栗鼠の中でも特にちいさなリスから、荒々しい言葉が飛んできた。ラフィが『おいしそう』と呟いたことに腹を立てているようだ。

『このうさぎ、氷漬けにしていい？』

氷栗鼠は、ぼくにそんな恐ろしいことを問いかけてくる。

「ごめんなさい。絶対に食べないよう厳しく言い聞かせますから、氷漬けにするのはやめていただけませんか」

疑わしげな眼で、氷栗鼠は背中の毛を逆立てる。

「あと、突然こんなことをいわれても困ると思うんですが、あなたたちの力を貸してくれませんか。ぼくらといっしょに、来て欲しいんです」

この村のひとたちが氷栗鼠をとても大切に思っていること。氷栗鼠が幸せに暮らせる場所を探してあげたいと考えていることを告げると、先頭に立つリーダーとおぼしき氷栗鼠が、ちいさな胸をそらし、ふん、と鼻を鳴らした。

「別に、我らは不幸だなどと思ってはおらん。この村のやつらは、たくさん餌をくれるしな。役人が来たら隠れなくちゃならんが、それ以外に不便なことなど、なにもないのだ」

村人たちが氷栗鼠を大切に思っているのと同じように、氷栗鼠たちも、この村のひとたちを愛しているのかもしれない。

別の住み処などいらん、と彼らはいった。

「お願いします。あなたたちのその素晴らしい力で、ぼくらを助けていただけませんか」

『なぜ、お前たち村の外の人間を助けなくちゃならんのだ』

不愉快そうにぼくを睨みつける氷栗鼠に、アルガーが告げた。

「実は僕たち、みんなで力を合わせてひとつの料理を作る必要があるんだけど、僕は経験不足で、皆の足を引っ張っちゃうんだ。だから、せめて氷栗鼠の力を借りて、皆に貢献出来たらなって思ったんだけど……ダメかな」

申し訳なさそうに告げたアルガーの肩に、ぴょんっと氷栗鼠は飛び乗る。

『仕方がない。村人の頼みなら、聞かぬわけにはいかぬ。お前たちには恩があるからな』

「本当に!?　ありがとう！　レニー」

レニーというのは、このリス、氷栗鼠族の長の名前らしい。ぼくにはどのリスが誰なのかさっぱり見分けがつかないけれど、アルガーにはちゃんと見分けがつくのだそうだ。

「レニー、甘いお菓子大好きだよね？　リヒトはすごくおいしいお菓子を作るんだよ」

『こんな幼い子どもが？　信じられぬな』

怪訝な顔をするレニーに、ぼくはすかさず、砕いたチョコレートの欠片を差し出す。

「よかったら、どうぞ」

彼らはくんくんとにおいをかいで、おそるおそるチョコレートにかじりついた。

ぴんっと耳としっぽを立て、ぴょんぴょん跳び上がる。

『なんだ、このうまい菓子は！』

『すごいねぇ、初めて食べる味だ』

「もしお手伝いしてくれたら、毎日おいしいおやつをたくさん提供します。終わったら、必ずこの村にお帰ししますし」

氷栗鼠たちは顔を見合わせ、なにやら話し合いを始める。

『乗った！』

リーダーのレニーが、前足を天に突き出して叫ぶ。

おやつと引き換えに、彼らは協力してくれることになった。

第十章　王都帰還とアシェット・デセール

翌月、ぼくはヴォーゲンハイト辺境伯領の菓子職人たちとともに、万博出場の代表者を決める、国内選考会に向かった。

王都までは、辺境伯領の中心地から、馬車で六日もかかる。

ディータもいっしょに来たがったけれど、ヴォーゲンハイト卿や乳母のアニーに止められ、渋々断念した。

ダニエルも長期間、領地を離れるわけにもいかず、アントンにぼくを託した。

アントンと国境防衛軍の兵士三人、計四人の屈強な男たちが護衛兼、御者として同行し、二台の幌馬車に分乗して王都を目指す。

どうしてもついていきたい、というラフィも、人型に変化してくっついてきた。

「ラフィだけ連れてきた、なんて知ったら、ディータ、ショックを受けそうだな……」

ぼそりと呟いたぼくに、ラフィが不思議そうな顔をする。

「ラフィ、ついてきたの、だめ？」

「ダメじゃないけど……ディータも来たかっただろうなーと思って」

「ラフィ、おみやげさがす！　ディータがよろこんでくれそうな、おみやげを見つけるよ！」

元気いっぱい、ラフィは両手を挙げる。レヴィの魔法で、うさ耳やしっぽを隠してもらったはずなのに、いつのまにか、ゆらゆらと長いうさ耳が揺れている。

万が一に備え、フードのある服を着せてきてよかった。ぼくはラフィのうさ耳をフードで隠してあげた。

「お土産はやめておこう。ラフィが王都に来たことは、内緒にしておいたほうがいいんじゃないかな」

きょとんとした顔で、ぼくを見上げると、ラフィはぷうっと頬を膨らませた。

「うそ、よくない！」

「まあ、そうなんだけど……」

ぽかぽかとかわいらしいカーバンクルパンチを食らい、ぼくはちいさくため息を吐いた。

この調子だと、ぼくが黙っていても、ラフィが自分で暴露してしまいそうだ。隠し通すことが不可能なら、ラフィのいうとおり、なにかお土産でも買って、少しでもディータのショックを和(やわ)らげるようにしたほうがいいかもしれない。

とはいえ、あの年ごろの少年が喜びそうな土産物なんて、中身が大人のぼくには、想像もつきそうになかった。

辺境伯領を出発して六日目の午後、ペースを保って進み続けていた幌馬車が、突然動きを止めた。

不思議に思い幌の外を見ると、そこは王都の入り口にある、検問所だった。

黒い鎧に身を包んだ門番たちが、王都に出入りする人間を厳しくチェックしている。

ぼくは慌てて、ラフィにフードを被せ、うさ耳を隠した。

この国の人間は、獣や獣人に対して差別的な者が多い。特に国王陛下は獣人嫌いで有名だから、彼や彼と繋がりの深い人物に、耳やしっぽを見られると危険だ。

しばらくすると、ぼくらの馬車の番がやって来た。門番たちは、御者の姿を見て驚きの声を上げる。

「アントン殿……！　なぜ、ヴォーゲンハイト辺境伯領の馬車に⁉」

ヴォーゲンハイト辺境伯領は、国内でも王都に次ぐ繁栄を誇る巨大な領地だ。領主のヴィルヘルムは、国王が最も謀反を恐れている人物でもある。

そんな領地の紋章を掲げた馬車に、王立騎士団で最も腕の立つ騎士と恐れられたアントンが乗っている。見ようによっては、彼が国王を裏切って、ヴォーゲンハイト辺境伯側についたように見えてもおかしくないだろう。

「『名もなき荒れ地』の領主ダニエルの代理で来たのだ。この馬車には、万博出場の職人選抜に参加する、ヴォーゲンハイト辺境伯領の菓子職人と、名もなき荒れ地の菓子職人が乗っておる」

「名もなき荒れ地、って、あの、第七王子が捨てられた無名の僻地ですか」

聞こえてきた言葉に、ぎゅ、と胸が苦しくなる。

幌の隅に身をひそめ、なにも言い返せないぼくの代わりに、アントンが反論してくれた。

「捨てられたわけではない。リヒト殿下は、子のないダニエル領主の後継者として、彼の地で鍛錬を積まれておるのだ」

「後継者って……あんな土地、なにもないって噂じゃないですか。継ぐような価値、皆無でしょう」

「だいたい、王室を追われた人間を『殿下』と呼ぶのは何故ですか」

「アントン殿は、どうやら気でも違ったようだな……」

ぼくの悪口だけならいい。だけど、アントンまで悪く言われるのは無性に腹が立つ。

確かにアントンは考えなしだ。騎士団にいれば、将来安泰だったのに。退団して非力な子どもにくっついていくなんて、どう考えても普通じゃない。だけど――。

アントンのその愚行は、ぼくを守るためにしてくれたことだ。

幼い子どもをひとりで放り出すわけにはいかない。その一身で、すべてを捨ててぼくについてきてくれた。

　今すぐアントンと門番の間に割って入りたい。馬車の外に飛び出そうとしたけれど、五歳児のちっちゃな身体では、どう頑張っても、自力で降りられそうにない。

　ぼくは咄嗟に、赤い球を握りしめて呪文を唱えた。

「アントンに嫌みをいってる門番たちの兜の飾りを、三十倍の大きさにして！」

「ぐおぉっ……！」

「うわぁ、な、なんだ!?」

　兜のてっぺんについた鶏のとさかのような飾りがいきなり巨大化し、バランスを崩した門番たちが次々とよろめいて倒れる。

「元に戻して！」

　再度呪文を唱えると、一瞬にして飾りの大きさが元に戻った。

　門番たちが、キョロキョロと周囲を見渡し、いったい何が起こったのかとざわめく。

「りと、いま、いたずらした？　楽しそう。ラフィもしていい？」

「ラフィはだめ。あんまり騒ぎになるとまずいから、こっそり隠れていよう」

　ラフィの服の袖を引っぱって座らせようとしたけれど、ひと足遅かった。

　門番たちが、厳めしい顔つきで幌のなかを確認しにきた。

「名を名乗れ！」

高圧的な声で怒鳴られ、辺境伯領の職人達は、ひとりずつ名前と住まい、職業を告げる。全員が答え終わり、ぼくの番がやってきた。

「『名もなき荒れ地』ダニエル領主の長男で、リヒトです」

王都で働く門番なら、誰もがぼくの顔も、ぼくが国王陛下にどんな扱いを受けていたのかも、知っていると思う。ひそひそと冷ややかな声で言葉を交わし合う彼らに、思いっきり場違いに明るい声で、ラフィが声をかけた。

「ボクはね、カーバンクルのラフィ！」

「うわぁあああ！」

ぼくは慌ててラフィの口を塞ぐ。

カーバンクルの額の石は、持つ者に富と栄光をもたらすという、とても強力な魔石だ。この石を手に入れたいがために、カーバンクルを狩ろうとする者も少なくないという。周囲に正体を明かすのは、どう考えても危険だ。

「カーバンクル!?」

「いえっ、『名もなき荒れ地』の鞄(かばん)職人の息子でっ……ぼくの親友なんです。大人ばっかりの集団にひとりでいるのは心細くて――」

ずれかけたラフィのフードを素早く直し、謎のいいわけで誤魔化す。

ぶつくさと文句をいいながらも、門番たちは去って行った。

ヒヤヒヤしたけれど、なんとか王都に入れた。

「まずいな。この調子だと、ラフィは国王陛下の前でも、平気で正体を明かしちゃいそうだ……」

国王陛下は、気に入らない者は血の繋がった息子でさえ獣の餌にしようとする冷徹な男だ。

ラフィの正体を知れば、迷わず殺し、額の石を奪おうとするだろう。

こんなことなら、置いてくればよかった。

だけど今さら、どうこうできるものでもない。

アルガーのポケットに隠れた氷栗鼠のレニーは、おとなしくしてくれているけれど、天真爛漫なラフィには、どんなに「静かにしていて」と頼んでも、難しそうだ。

「どうしよう。明日の選考会、ラフィ、おとなしくお留守番できる？」

ぼくの問いに、ラフィはきょとんとした顔で首をかしげる。

ダメだ、ラフィをひとりにするなんて、不安しかない。

「仕方ない。魔法の玉でちっちゃくして、ぼくのポケットに隠れててもらうことにしよう。できる？」

そうしないと、殺されちゃうかもしれないんだよ、と告げると、ラフィは納得がいかなさそうな顔をしながらも、こくっと頷いた。

翌朝、ぼくは手のひらに載るくらい小さくしたラフィをポケットに忍ばせ、選考会の会場に向かった。

今回の選考会に参加するのは、昨年度の優勝者、ヴォーゲンハイト辺境伯領の職人が中心になったぼくらのチームと、宮廷菓子職人、王都の菓子職人、ヴァンダール伯爵領の菓子職人、国土の南に位置する、フェアン伯爵領の菓子職人、西部に位置するヴェステン伯爵領の菓子職人の、合計六チームだ。

「こんなにたくさんの職人が集結するんですね……」

驚いたぼくの背中を、辺境伯領の菓子職人組合の長、エルニが、ぽん、とやさしく叩く。

「安心しろ。俺たちが力を合わせれば、敵なんてこの国のどこを探したって一人もいやしない」

エルニのいうとおり、彼ら辺境伯領チームは、ほぼ毎年優勝し、万博への出場権を獲得している。

「ぼくが足を引っぱりさえしなければ、大丈夫ってことですね」

「お前さんが足を引っぱるなんてこと、ありえないだろ」

最初に会ったときは、まったく相手にしてくれなかったけれど、何度も練習をともにするうちに、みんな、ぼくのことを信頼してくれるようになった。

ぼくが参加することになったせいで、選抜チームのうちひとりは、参加できなくなってしまった。

枠を譲ってくれた職人のためにも、絶対に失敗しないようにしなくてはならない。

今回の選考会でも、チョコレートパフェを作る予定だ。

辺境伯領の菓子職人は、焼き菓子の得意な職人が多い。彼らの得意な焼き菓子の魅力をふんだんに活かしつつ、チョコレートの力で複数の菓子をうまく調和させるデザートを目指したい。

大広間に作られた特設会場の上座には玉座が鎮座している。

今日の審査委員長を務めるのは、国王陛下なのだ。広間の扉が開き、護衛の仰々しい口上と供に、国王陛下が場内に入ってきた。

ふんぞりかえるように玉座に座り、ぼくに冷ややかな眼差しを向ける。

「なぜ、アレがここにおるのだ」

アレ。ぼくのことは、名前で呼ぶことさえしたくないようだ。国王陛下に尋ねられた側近は、耳元になにかを囁きかえした。さっぱり聞こえないけれど、どうせロクでもない内容だろう。

「それでは、選考会を始めます！」

合図の声とともに、皆が一斉に作業に取りかかる。きょうも、ぼくの担当はアイスクリーム作りとチョコレート作りだ。

パフェのベースは、エルニお得意の、サックサクのパイ。そのままではアイスやソースとの味絡みがよくないから、細かく砕いて二度焼きして、シリアルのように詰める。そこにスポンジケーキや濃厚なチョコレートブラウニー、木いちごムースやベリーソース、プリンやカットフルーツを色鮮やかに重ね合わせ、バニラ風アイスを乗せてフルーツやミニクッキーで彩り、とろりとチョコレートソースをかけたら完成だ。

ヴォーゲンハイト辺境伯領の職人達は、ベテラン揃い。皆、それぞれの特技を活かし、てきぱきと菓子を作り上げてゆく。

氷栗鼠のレニーと彼の弟ラリーが、アルガーのポケットの中から、アイスづくりや焼き菓子の粗熱を取るのを手伝ってくれた。

氷栗鼠はきれい好きで、朝晩水浴びを欠かさない清潔な魔獣だけれど、獣が調理場に無断で出入りしていると知れたら大問題になるし、菓子に獣毛が入っても困る。細心の注意を払いながら、彼らに活動してもらった。

ポケットの中に隠れたまま、ガラスや器（うつわ）越しに息を吐きかけただけなのに、彼らの魔力は絶大だった。

彼らの冷気でキンキンに冷えた石造りのボウルを使うと、あっというまにアイスクリームができあがったし、菓子を載せた鉄板の下に、彼らの吐息で冷やした石を置くと、一瞬で粗熱がとれ、グラスに詰められる状態になった。

「よし、最後の仕上げに取り掛かるぞ」

この日のためにガラス職人が作ってくれた特製のパフェグラスに、エルニがパイを詰めようとしたそのとき、誰かが彼に体当たりした。

よろめいたエルニの手元が狂い、グラスが床に落ちる。ヴォーゲンハイト辺境伯領のガラスは丈夫なことで有名だけれど、それでも、高い場所から大理石の床の上に落下すれば、無事では済まない。

ガシャン、と嫌な音がして、グラスはひび割れてしまった。

「大変……！」

周囲の視線が、ぼくらに一気に集まってくる。

「大丈夫ですか、エルニさん」

ガラスで手を切ったら大変だ。そう思い、彼のそばに駆け寄ろうとしたとき、背後でガッシャーンと先刻以上に激しい音がした。

「ああ、すみませんっ。なにかお手伝いをと思い、駆けつけたのですが……」

王宮の菓子職人が、申し訳なさそうに頭を下げる。彼の足元には、砕け散ったガラスの破片が散乱している。グラスの入ったケースごと、床に叩きつけたのだ。

「酷い……」

どう考えても、わざとだ。玉座にふんぞりかえった国王が、ニヤリと笑うのが見えた。

最悪だ。ぼくに恥をかかせたくて、したんだと思う。

だけどこんなことをされたら、ぼくだけでなく、毎年代表に選ばれ続けていた辺境伯領の職人たちまで、せっかくのチャンスを奪われることになる。

「おい、貴様。いま、わざと割っただろう!?」

駆け寄ってきたアントンが、宮廷菓子職人の胸ぐらを掴み上げる。

衛兵たちが、一斉に集まってきた。

「アントン。証拠もないのに、言いがかりをつけてはダメだ」

ぼくはちいさく深呼吸して、声を張った。

「しかしっ……！」

「いいから、下がってくれ。職人以外が手を出せば、失格になってしまうんだ」

悔しそうに歯を食いしばり、アントンはぼくらから離れる。

「どうするんだ。グラスが割れちまったら、パフェは作れないだろ？」

辺境伯領の職人達に動揺が走る。

「大丈夫です。まだ、大皿があります！」

パフェは直接サーブするのではなく、大皿の上に載せてお出ししようと思っていた。

詰める前でよかった。今ならまだやり直せる。

「アシェット・デセール。皿盛りデザートを作るんですよ」

「なんだ、それは」

エルニが怪訝な顔をする。おそらく、王宮以外ではめったに作られることのないデザートだ。庶民には馴染みのないもの。

「ぼくが、ひとつ実際に作ってみせます。みなさんそれぞれのセンスで、作ってみて欲しいんです」

ぼくはあくまでもショコラティエ。アシェット・デセールを作った経験も、あまり多くない。

菓子職人としての経験が長い彼らのセンスに任せたほうが、より美しいものができあがるはずだ。

エルニたちはぼくに、『お前を信じる』といってくれた。

まだ五歳で、どう見たって、ただのお子さまなのに。それでも彼らはぼくを信じて、仲間に入れてくれた。

だから――今度はぼくが、みんなを信じる番だ。

終了時間間際の鐘が打ち鳴らされる。焦る気持ちを抑え込み、ぼくはヴォーゲンハイト辺境伯領産の、美しい大皿に絵を描くように、皆が作ってくれたおいしい菓子を並べていった。

まずはエルニのクラッシュパイ。バターの香ばしい香りが、たまらなくおいしそうだ。

そして、最年少アルガーの作った、チョコレートブラウニー。

つい最近まで、一度もチョコレートを食べたことがなかったのに。カカオの魅力に惚れ込み、彼の得意なバターケーキにチョコレートのおいしさを取り入れてくれた。

きめ細かなスポンジケーキや、もっちりおいしそうなきつね色のプディング、カットフルーツに生クリーム、ベリーソースを添え、真ん中にバニラ風アイスを乗せて、濃厚チョコレートの入ったカップを添える。

ヴォーゲンハイト辺境伯領の菓子職人の傑作を集結させた、至高の一皿。

食べる人が自分でチョコレートをかけ、最後の仕上げをすることのできる、アシェット・デセールの完成だ。

「よし、俺たちも作るぞ！」

「はいっ……」

残された時間は、あとわずか。手分けをして、皿にデザートを盛り合わせてゆく。

職人それぞれが、各々のスタイルで盛りつける。大胆で斬新な皿、繊細で芸術的な皿。

それぞれの個性が色濃く表れた。

「終了！　やめ！」

鐘の音が鳴り響き、終了が告げられる。

よかった、間に合った。十名分、すべての皿を作り終えられた。

審査を担当するのは、国王陛下と九名の菓子職人たちだ。三名は宮廷菓子職人、三名は王都の菓子職人、残りの三人は、王都以外の職人だ。

すべての菓子が同時にそれぞれのテーブルにサーブされ、食べ比べていちばんおいしかった菓子に投票する。

ポケットのなかで、ラフィがむいむいと暴れた。

「さっきだってあんなズルしたんだから。あのひとたち、ぜーったいズルするよ！」

「しー、静かに。見つかったら大変なことになっちゃうよ」

ポケットのなかに指を入れ、そっとラフィを撫でる。すると、指先に思いきり噛みつかれた。

「痛っ……！」

思わず飛び上がり、慌てて口を塞ぐ。

国王陛下や審査員から、じろりと睨みつけられた。

ずらりと並んだデザートを、審査員たちは黙々と食べてゆく。アイスクリームを少し固めにしておいてよかった。食べるのが最後になっても、溶けてグズグズになってしまう心配はなさそうだ。

「この茶色いソースが、噂の『ちょこれいと』というやつか」

王都にも、チョコレートの噂は届いていたようだ。興味深そうに、審査員席の王都の菓子職人が呟く。

「ええ、そちらはチョコレートを熱して、やわらかく仕上げたホットソースです。冷たいデザート、アイスクリームにかけると、アイスがとろりと蕩けて、二つの味が混ざり合って、とってもおいしいですよ」

ふむ、とうなずき、王都の職人はアイスクリームにチョコレートソースをかける。

「ほぉ、見た目にもきれいだね。混ざり合って、マーブル模様になる」

「アイスとチョコソースだけで食べてもおいしいですけど、パイやケーキ、フルーツといっしょに召し上がっても最高に合いますよ」

「どれ」

彼の隣に座る審査員も、チョコソースに手を伸ばす。

そこかしこから、驚きの声や、感嘆のため息が漏れた。

「なんとまろやかな口当たり……！　濃厚なソースとアイスクリームのやさしい甘さが絶妙だな」

「フルーツの酸味が加わると、さらにおいしくなりますね」

次々と絶賛の声が上がる。ぼくはチームの皆と顔を見合わせ、笑顔でうなずき合った。

　これなら、きっと突破できる。そう思ったのに――。

　宮廷菓子職人への投票が四票、ヴォーゲンハイト辺境伯領への投票が四票、その他二票、と票が割れてしまった。

「りと、きっとずるをしてるよ！　自分たちの組には入れちゃいけない決まりなのに。あのひとたちは自分たちの組に投票したんだ」

　ポケットのなかのラフィが、むいむいと暴れた。

　投票は箱のなかに色のついた玉を入れる方式だから、誰がどの組に投票したのか、わからない仕組みだ。

「そうかもしれないけれど、証拠がないんだ。どうにもできないよ」

　むしろ、この状況下で同点まで持って行けたことのほうが、凄いことだと思う。

　おそらく王都の職人たちにも、国王陛下の息はかかっているだろう。

「でもっ……！」

　暴れ続けるラフィを、ポケットに手をいれて、そっとなだめる。撫でてあげようとしたのに、またもや噛みつかれてしまった。

「痛っ……！」

　慌ててポケットから手を引っ張り出す。

ゴテゴテと装飾のついた服を着た、国王陛下の隣に立つ男が、こほん、と咳払いをした。

「同点の場合は、代表を国王陛下に決めていただくことになっております。陛下、今年の代表はいかがいたしましょうか」

そんな……。国王陛下が決めるなら、どう考えたって宮廷菓子職人を選ぶと思う。

こんなのはズルだ。

青ざめたぼくのポケットから、ラフィが飛び出す。

「わ、ラフィ、ダメだよ！」

ぼくは慌てて、ラフィを捕まえようとした。

「リヒト殿下……！」

なにかを察したアントンが、ぼくに駆け寄ってくる。素早くラフィを捕まえてくれた。

「むーっ！　むーっ！」

わめき続けるラフィを手の中に閉じ込めたまま、アントンは会場を退室してゆく。

よかった……あのままじゃ、ラフィが処刑されちゃうところだった。

ホッとした直後、ぼくは自分の置かれた状況を思い出した。

安心してる場合じゃない。このままじゃ——。

「どうやら、揉めているようですね」

凛とした声が響き渡る。

「リアム殿下……！」

声の主、きらめく金色の髪をした聡明な少年、第一王子リアムの姿に、ざわめきが起こる。

「父王に決めさせたら、どうしたって宮廷菓子職人に投票するに決まってるでしょう。身内なんですから」

「――身内びいきなど、せぬ」

不快そうな声で、国王陛下が反論した。

「そうですか。では、それぞれどの組に投票したのか、明かしていただいてもなんの問題もありませんね」

「なにっ……!?」

涼しげな声でさらりといってのけたリアム王子に、国王陛下は苦々しげな眼差しを向ける。

「『自分の所属する組には投票してはならない』という決まりでしたね。皆がそれを守っているかどうか、抜き打ちで検査するのです。今後の公平性を担保（たんぽ）するためにも、必要な行為だと思います」

きっぱりと言い切ったリアム王子に、会場内がシンと静まりかえった。

「もし、違反している者がいれば、その者の投票は無効にする。そうすれば、本当に優れた菓子を作ったのはどの組なのか、はっきり分かると思います」

「その必要は――」

国王陛下の反論を、リアム王子はすばやく遮る。

「万国博覧会は、我が国の技術力の高さを証明するために、とても重要な場です。その会場に送る代表選手は、国いちばんの者でなくてはならないのです。そう思いませんか」

リアム王子の問いかけに、国王陛下はなにも答えない。

悔しそうに歯を食いしばった彼の姿に、ぼくはヒヤヒヤしてしまった。

――いくら王位継承権第一位のリアム王子でも、国王陛下を挑発しすぎれば、大変な目に遭うのでは……。

不安になったそのとき、王都の審査員がよろめきながら立ち上がった。

「も、申し訳ありませんっ……、わ、私はっ――命令に背き、ヴォーゲンハイト辺境伯領に、投票してしまいましたっ……」

震える声で叫び、床に這いつくばるようにして土下座をする。リアム王子は彼に歩み寄ると、険しい声で問いただした。

「誰に、なにを命令されたのですか」

命令したのは、国王陛下やその周辺の人物だろう。おそらく、絶対にヴォーゲンハイト辺境伯領に投票するな。宮廷菓子職人に投票しろ、といわれたのだろう。

だけど――ダメだ。それを暴けば、国王陛下の顔に泥を塗ることになる。

これ以上刺激したら、本当に危険だ。

「ちょっと待ってください！」

ぼくは大きな声で叫び、土下座する審査員と、リアム王子の間に割って入った。

「確かに、不正を暴くことも大切です。だけど匿名性を守ることも、同じくらい大事だと思うんです。匿名性を守らなければ、恐ろしくて本当によいと思ったところに、投票できなくなってしまうひともいます。現に、見てください。大の大人が、こんなにも震えている。彼は、自分が殺されるかもしれない、と感じているのですよ。それくらい、恐ろしいことだと感じている」

おそらく、四十代くらいだと思う。審査員のなかではいちばん若いけれど、前の世界のぼくよりも年上だ。

そんな大人が、ガタガタと震えながら、ぽろぽろと大粒の涙を流している。

命令に背けば、処刑される。そのことがわかっていて、彼はわざわざ声をあげた。それはたぶん――仲間を守るためだ。自分が処刑されることで、仲間を守りたい。彼はきっとそう考えたのだと思う。

「お、お許しください……っ。私には、妻子がおりません。ですが、皆には大切な家族がいるのですっ。リアム殿下、どうかご慈悲をっ、処刑するのは私だけにしていただけませんか。他の者たちの投票先はこのまま秘密に――」

必死で懇願する彼のもとに、ぼくは駆け寄った。

そして、できるかぎり子どもっぽい声で叫んでみた。

「おじさん、泣かなくていいよ！　処刑なんて、するわけないってば。誰かがおじさんに、投票を無理強いした？　そんなずる、誰もするわけないよ！　おじさん、夢を見たんじゃないのかな」

「夢なんかじゃない。実際に――」

彼の口に、すばやくケーキの切れ端を突っ込む。

「この国には、そんなずるをする大人、だーれもいませんよね」

にこっと笑顔を作り、ぼくは皆を見渡す。

呆気にとられたリアム王子が、なにかを探るようにぼくに視線を送ってくる。

(おねがい、話を合わせて！)

ぼくは、心のなかで、強く念じた。

兄王子は、とても頭のよい人だ。それだけで、理解してくれたのだと思う。ちいさくため息を吐き、演技がかった声を張り上げる。

「私が間違っていた――。この国には不正などない。皆が清い一票を入れて、同点になったのだ。こうなった以上、第三者が審査に加わるのが、いちばんよいのではないか。どの組がどの菓子を作ったのか知らぬ者が食べて、決めたらいい」

さすが兄王子。咄嗟にそんな文言を思いつくなんて。十五歳とは思えない聡明さだ。

「んー、でも。ここにいるひとたちは、みんな、誰がどの菓子を作ったか、知ってるんです。知らない人は、お兄さましかいないんですよ！」

お兄さまなんて呼び方をするの、生まれて初めてだけど。ここは思いっきり子どもっぽさを演じたほうがいいと思う。

ぼくの意図に気づいてくれているのだと思う。

リアム王子は「ふむ」と頷き、菓子の皿に近づいた。

「まあ確かに。他人の食べさしを食べるのも、普通は嫌がるだろう。私は父王の息子だから、食べさしでもさして気にならぬ」

ナイスパス……！　思わず笑顔になって、ぼくは子どもっぽさを強調しつつ、リアム王子に駆け寄った。

「わぁ！　じゃあ、お兄さまが選んでください！」

「そうだな。それがいちばん、公平かもしれぬ」

ぽふ、とぼくの頭を撫で、リアム王子は国王陛下の食べさしのデザートを賞味してゆく。

「うむ。順番にいうぞ。いちばんは、この大皿だな。これがいちばんうまかった」

ぼくらの作った、アシェット・デセールだ。

「ありがとうございますっ！」とエルニたちが頭を下げた。

「ふむ、次はこれだな。このパイがうまかった」

ヴァンダール伯爵領の菓子だ。

「おぉ！　ありがとうございますっ」

ヴァンダール伯爵領の職人たちが、歓声をあげる。

「次は、これか。いや、こちらも甲乙つけがたい。この菓子も同じくらいうまいな」

王都の菓子職人と、南部、西部の菓子職人の菓子を、リアム王子は褒める。

それぞれの職人が、「ありがとうございます……！」と頭を下げた。

「申し訳ないが、これは私の口には合わなかった」

きっぱりとリアム王子が言い放ったその皿は、宮廷菓子職人の作った菓子だった。

「いちばんうまかった、この大皿の菓子を作ったのは、どの組だ」

リアム王子の問いに、エルニが控えめな声で答える。

「私どもが、作らせていただきました」

深々と頭を下げたエルニに、リアム王子はにっこりとほほえみかける。

「すばらしい出来であった。この菓子なら、世界中に我が国の技術力の高さを、知らしめることができるだろう」

まだ十五歳だというのに。国王陛下よりも威厳のある声で、リアムはエルニをねぎらう。

「なにを勝手なことを……っ」

立ち上がりかけた国王陛下が、室内に入ってきた美しい金髪女性の姿を目にして、びくっと動きを止めた。

リアム王子の母で、この国の第一王妃、アメリア王妃殿下だ。

「母上。見てください、この美しい菓子を。ヴォーゲンハイト辺境伯領の菓子職人が作ったのだそうです」

「まあ、すてきね。この褐色のソースはなあに？」

「チョコレート、という菓子だそうです。甘くて濃厚で、たまらなく美味でしたよ。リヒト。母上にも、少し用意してくれないか」

「すぐに用意しますっ」

アメリア王妃は、大陸一の大国、ネリア帝国の皇女だ。国王陛下も、彼女には絶対に頭が上がらない。

リアム王子は、おそらく彼女の血を色濃く引いているのだと思う。彼の美しさも賢さも、母親そっくりなのだ。

アメリア王妃は、十五歳の子どもがいるとは思えないほど若々しく見える、スタイルのよい女性だ。食事にはかなり気を遣っていると思う。

小振りな皿に少量ずつ盛りつけ、ぼくは彼女に差し出した。

「名もなき荒れ地の名産品、チョコレートを使い、ヴォーゲンハイト辺境伯領の菓子職人の技術を集結させた、ひと品にございます」

しまった。うっかり子どものふりを忘れてしまった。

国王陛下が、他の女性に産ませた子ども。不快に思うだろうか。不安に思ったぼくに、アメリア王妃はにっこりとほほ笑んだ。

「まあ、五歳とは思えない口上ね。名もなき荒れ地の領主ダニエルは、平民の出ではあるものの、すばらしい人徳者だと聞いているわ。新しいお父さまの教育がよいのかしら」

さらりと皆の前でぼくの養父を褒め、アメリア王妃は上品な仕草で皿を受け取る。

着席し、彼女は優雅にひとくち頬張った。

「まぁ、なんておいしい菓子なの！　このソース、まさに媚薬ね。一度食べたら、永遠に忘れられなくなりそうだわ」

うっとりした顔で、彼女はさらに食べ進めてゆく。あっというまに、すべて平らげてしまった。

「どう思いますか。宮廷菓子職人と彼らの菓子が同率だったのです。私は、例年どおり彼らが代表になるべきだと思うのですが、父上が反対しておりまして――」

アメリア王妃が、美しい眉を俄に寄せる。

「外に出した息子が、優秀に成長しているのが気に障るのかしら――なんて。一国の主ともあろうお方が、そんないじましい発想、するはずがないわよね？」

びくっと国王陛下の肩が揺れる。

「片方しか食べないのは、よくないわね。宮廷菓子職人の菓子も、くださらない？」

「か、かしこまりましたっ……！」

宮廷菓子職人たちが、あたふたと菓子を用意する。王妃はふたたび美しい所作で菓子を味わい、にっこりとほほ笑んだ。

「あなたたちの腕も、すばらしいと思うわ。ただ、今回はこの『チョコレート』という菓子が秀逸すぎたわね。皆も、ひとくち食べたらわかると思うわ。これは世紀の大発明よ。こんなにもおいしい菓子は、おそらく、他のどんな国にも作れない。我が国の誇る、至高の特産品になるはずよ」

「そんなに、おいしいのですか？」

宮廷菓子職人たちが、大きく目を見開く。

もしかしたら、国王陛下への忠誠心より、菓子職人としての好奇心が上回っているのかもしれない。

ぼくはすかさず、彼らにチョコレートソースをかけたアイスクリームと、チョコレートブラウニー、ラズベリーで即席のミニサンデーを作って手渡した。

おそるおそる口に運び、職人たちは大きな声で叫ぶ。

「なんと……！」

「噂には聞いておりましたが、まさか、ここまでとは——」

「いったいどうやって、こんなものを作り出したのですか」

驚愕する彼らを眺め、アメリア王妃は麗しい笑みを浮かべた。

「勝敗がハッキリしたようね。作った本人たちが、負けを認めているのですから」

「そのようですね、母上」

アメリア王妃の隣で、リアム王子が彼女に負けないくらい麗しい笑顔でほほ笑む。

世界一美しいといっても過言ではない母子の姿に、誰ひとりとして、刃向かえる者はいなかった。

「あ、ありがとうございますっ……リアム殿下」

深々と頭を下げたぼくの髪を、リアム王子は、くしゃくしゃと撫でる。

「なんだ、せっかく『お兄さま』と呼んでくれたと思ったのに。また逆戻りか」

「ぼくはもう、この家の子ではありませんので……」

おそるおそる顔を上げると、むいっと頬をつままれた。

「確かに、この家の子じゃない。だが、私の弟であることは変わりない。死ぬまで、それは変わらない。違うか？」

いつもどおり、凛とした声。聞く人によっては、冷たいと感じるような声音だ。

だけど今のぼくには、とても、とても温かく感じられた。

「ありがとうございます。お兄さま！」

リアム王子は、いつになくやさしい笑顔で、「またな、我が弟よ」とぼくの頭をひと撫でして、アメリア王妃とともに、颯爽とその場を去っていった。

第十一章　万国博覧会とイースター・エッグ・ツリー

翌月、ぼくらは国の代表として、万国博覧会に出席することになった。

アントンの操る馬車で、アメリア王妃の母国である、ネリア帝国へと向かう。

「ほぁ、すごい！」

馬車から身を乗り出すようにして、街のようすに目を奪われたラフィが歓声をあげる。

今日も人型に変化しているけれど、耳としっぽは出しっぱなしだ。愛くるしい長い耳が、ほわほわ揺れている。

「本当だ。すごいね！　ネリア帝国の帝都って、こんなに栄えているんだね」

大きく目を見開き、ディータも外のようすに瞳を輝かせた。

『どうしても行きたい！』と駄々をこねたディータは、今回、ヴォーゲンハイト卿の腹心、ジョナスを伴い、ついてきた。国境防衛軍の幹部候補生だという彼は、アントンと負けないくらい、がっちりした大男だ。

「ラフィ、危ないよ」

馬車から落っこちそうなラフィを、素早くレヴィが抱き上げる。

「むー、あんぜん！」

手足をばたつかせ、ラフィが暴れた。

「そういえば、珍しいですね。レヴィがあの森を離れるなんて」

ふだん、絶対に森を離れようとしないレヴィ。なぜか今回は、いっしょについてきたのだ。

「年に一度の、神無期（かんなき）なんだよ。この時期だけは、まったく獣が生まれないんだ」

密林のなかにある泉は、獣たちが生まれる場所だ。レヴィは生まれたばかりの獣の世話をするために、あの泉の畔（ほとり）で暮らしている。

「もしかして、神無期以外は泉のそばを離れられないってことですか」

「まあ、そういうことになるね。慣れてるし、別に気にしてないけど」

なんでもないことのように、レヴィは笑って答えた。

万国博覧会で行われる『競演会』は、優劣を決める場所ではなく、互いの国の技を見せ合い、称え合う場所だ。

勝ち負けがない分、このあいだの選考会と違って、ギスギスした場所ではないのだと思う。

それでも、国の代表として出場する以上、プレッシャーは大きい。

「あぁ、緊張してきちゃったな……」

ぶるっと身震いしたぼくの手を、ディータがぎゅっと握ってくれた。

「大丈夫だよ！　リヒト、僕がついてる」

力強い声で勇気づけてくれたディータは、たぶん、自分のほうが一歳年上だし、お兄ちゃんのつもりなんだと思う。だけど、実際のぼくの中身は二十八歳プラス五歳。すでに人生三十三年目だから、ちょっと不思議な気分だ。

「ありがと。心強いよ」

だけど大人だから、ここはちゃんとお礼をいう。

むぎゅうっとラフィが抱きついてくる。

「りと、ラフィもいるよ！」

「うん、そうだね。ラフィもついててくれるね。ありがと」

そっと髪を撫でると、ラフィは嬉しそうに、にこーっと笑顔になった。

競演会が行われるのは、宮殿のそばにある野外劇場だ。石で造られた円形の小劇場で、中央のステージをぐるりと取り囲むように、階段状の座席が並んでいる。

ステージには、参加国それぞれの調理台と石窯、かまどが並んでいる。

慣れない調理器具で調理するのは大変だけれど、ネリア帝国の代表以外は、皆、同じ条件だ。しかも、ヴォーゲンハイト辺境伯領の職人の多くは、すでに何度もこの競演会に参加したことがある。

「よし、前回と同じだな」

石窯とかまどを確認し、エルニが皆に告げた。

ラフィも近くに来たがったけれど、今回はレヴィやディータとともに、観覧席からの応援だ。

氷栗鼠のレニーとラリーは、今回はポケットのなかではなく、かわいらしい極小サイズの割烹着（かっぽうぎ）を着て、堂々と参加している。

帝国では獣を差別しておらず、魔獣や半獣も仲良く人間と共存している。万博の競演会でも魔法や魔獣の使用は禁じられていないし、火を扱う魔獣を連れてきている国もあるから、ぼくらも事前に運営委員会に、氷栗鼠の参加を許可してもらったのだ。

ただし、どんなに清潔な魔獣だといっても、衛生面が気になるひともいると思う。今回も、菓子に直接触れたり息を吹きかけたりせず、ガラス越しや器越しに、力を使ってもらう予定だ。

大陸内は、方言こそあれど、各国が共通の言語を使用している。

そのため、競演開始の合図も、ぼくらの国の言葉と同じ言葉で発された。

魔法による拡声器で、劇場内いっぱいに「それでは、はじめてください！」という声が響き渡る。

ぼくらは互いの健闘を祈って拳を重ね合わせたあと、それぞれの持ち場についた。

今回のデザートのテーマは、『イースター・エッグ』。

この世界にイースターはないけれど、ぼくが皆に説明したら、賛同してくれた。

復活祭には、装飾した卵をあちこちに隠し、子どもたちに探させる遊びがある。

その遊びをモチーフに、様々な種類の『スイーツでできた卵』をたくさん用意し、自由に選んで味わってもらう仕組みだ。

卵を置く場所にもこだわった。エルニの考案で、飴細工で大きな木を作り、そこにたくさんの巣を設置、その巣のなかに、カラフルな卵を並べることにしたのだ。

卵の殻はチョコレートでできており、中にスポンジケーキやマシュマロ、ムースやジュレ、濃厚なチョコレートソースなどが詰まっている。

皿の上で、きれいにアイシングされたチョコレートの殻を割ると、何層にも重ね合わせた、豪華なケーキが現れるのだ。

味は全部で八種類。卵の殻の色で味が分かれているから、さまざまな味のケーキを選んで食べられる。

半球の型にチョコレートを薄く流し込み、殻をつくる。殻を器にしてケーキの層を重ねてゆき、重ね合わせた二つの殻を合体、繋ぎ目をチョコレートで接着すれば、おいしい卵ケーキの完成だ。

ぼくの担当は、チョコレートの殻づくり。殻が割れたら台無しだし、厚すぎると、割るのに力が入り過ぎて、中身のケーキが崩れてしまう。

絶妙な厚さの殻を作り、本物の卵の殻をぱりっと割るように、軽快に楽しめるようにしたい。

卵の殻だけでなく、巣の材料もチョコレートだ。藁のように細く絞り出したチョコレートを、幾重にも重ねて巣のかたちを作り上げる。こちらもパリパリの食感が売りだ。

チョコレートを素早く固めるのに、レニーとラリーが力を貸してくれた。そのままだとチョコが凍ってしまうから、離れた場所から分厚いガラス越しに、ほんの少しだけ息を吹きかけてもらう。

少し吹きかけただけでも、チョコレートはあっというまに固まった。

木の葉や花も、すべて焼き菓子や飴細工で作られている。子どもたちにとって夢のような、巨大なお菓子の木ができあがった。

他国の展示も、お菓子の家や遊具を模したものなど、大型で見栄えのするものがずらりと並んでいる。見事な展示物のなかで、本物そっくりな大木を作り上げたぼくらの展示は、ひときわ目を惹いたようだ。

「さすがですね。ヴォーゲンハイト辺境伯領の飴細工。どの国の菓子よりも注目を集めています！」

ぼくの言葉に、飴細工職人のヘルマンは照れくさそうな顔をする。

「確かに、飴細工の技術力では誰にも負けない自信があるけれどな。大型細工の飴は、どちらかといえば『観賞用』だ。実際に食べられる菓子が合わさってこそのものなんだ」

あくまでも『土台』なんだよ、と彼は謙遜した。

とはいえ、その土台の素晴らしさが、皆の目を惹いているのは事実だ。

競演会の菓子を味わうのは、各国の偉いひとたちではなく、製菓産業に携わるひとたちと、お腹を空かせた子どもたち。

まずはぼくら職人や業界のひとたちがそれぞれの国の菓子を見てまわり、互いにどんな技術で、どう作ったのか、答えられる範囲で情報共有をする。ぼくらがひととおり、語り合い、味を確かめあった後、子どもたちが残さず、すべてを食べ尽くす仕組みなのだ。

「みんな、そわそわしてるだろうなぁ」

観覧席の子どもたちには申し訳ないけれど、他国の菓子は珍しいものが多く、ぼくも興味深くそれぞれの菓子を見てまわり、味わった。

「地域によって、香辛料の使い方や色彩感覚が、まったく違うんですね」

驚くほどカラフルな原色使いの国もあれば、色味を抑えて食感や風味で勝負している国もある。

「ああ、さすがに国の代表ともなると、どこもすばらしい職人ばかりだな」

自分たちのブースを空にするわけにはいかないから、交代でブースに残ったり、各所をまわったりする。

ひととおり試食して戻ると、最年少のアルガーが質問攻めにあっていた。

どうやらチョコレートのことが、皆、気になるらしい。

「あ、来ました。彼がチョコレートの専門家ですよ！」

助けを求めるように、アルガーがぼくの腕を引っぱる。

「こんなにちいさな子どもが!?」

「いや、この子、さっきから凄かったよ。菓子を作っているところを見たが、熟練の職人顔負けの手際のよさだ」

皆に囲まれ、次々と質問を投げかけられる。もみくちゃにされそうになったそのとき、ラフィがぼくに駆け寄ってきた。

「りと、たいへん！」

「大変、じゃないよ。ここに来ちゃダメだって、約束したよね？」

ステージは関係者以外、立ち入り禁止だ。特に今は、お菓子が食べられるのを、今か今かと待ち構えている子どもたちがいる。ラフィだけ勝手に入ったら、彼らの反感を買うことになるだろう。

「やくそく、ないない！　もっとだいじなの！　森が、めちゃくちゃにされちゃったんだよっ」

涙目になってラフィが叫ぶ。

「森が？　誰に!?」

まさか、神無期（かんなき）なのに、獣が生まれて大暴れでもしているのだろうか。

「武器を持ったニンゲン、いっぱいきて、りとのお父さんも、つかまっちゃったよ！」

「お父さまが!?」

いったい、どういうことだろう。

「りと、行こう。いそいで帰らなくちゃ！」

ラフィに腕を掴まれ、ぼくは迷いながらも、エルニに「後は頼みます！」と告げてステージを駆け下りた。

第十二章　カカオ農園の危機

レヴィの魔法で急いで領地に戻ると、建てたばかりのカカオの温室がめちゃくちゃに荒らされていた。

「酷い……」

丈夫さで名高いヴォーゲンハイト辺境伯領産のガラス。鈍器で執拗に叩き続けたのだろう。そこらじゅうがひび割れ、ガラスの破片が砕け散っている。

カカオの木はすべて奪われ、シェイドツリーは火を放たれ、燃え盛っている

そこかしこに、負傷して倒れる領民や、獣の姿。悲鳴や泣きじゃくる声に混じって、激しく誰かを罵る声が聞こえてきた。

「あっちだ、行こう！」

駆け出そうとしたぼくを、アントンが素早く抱き上げる。

「危険です。これは、どう見ても素人の犯行じゃない。このガラスの割れ方、星球式鎚矛ですよ。おそらく、王立騎士団の仕業です」

「王立騎士団!?　騎士団は国民を護るためのものだよね。なんで自国の民にこんなことをっ」

　思わず声を荒らげたぼくに、アントンは力なく首をふってみせる。

「大変申し上げにくいのですが、王立騎士団は、自国民を護るためのものではありません。国王陛下の命令で動く『犬』です」

　またもや、怒号が聞こえてきた。そして、悲鳴も。なんとかしてアントンの腕から抜け出したいのに。どんなに抗（あらが）っても逃れられない。

「レヴィ、申し訳ないがリヒト殿下を頼む」

　犬猿の仲のレヴィに、アントンが深々と頭を下げる。

「頼まれてさしあげたいところですが、あなたひとりで行けば、ほぼ確実に死にますよ。十や二十の気配じゃない。五十人近くいるかもしれない」

「だからこそ、だ。頼む。リヒト殿下とディータ坊ちゃんを連れて、ヴォーゲンハイト辺境伯領へ避難してくれ」

　ぼくをレヴィに押しつけ、アントンは腰に下げた剣に手をやる。ディータの護衛ジョナスもアントンに続いた。

「お断りします。行きますよ、ラフィ。リヒト殿下とディータくんも、僕から離れないで。あなたたちのことは、絶対に僕が護ります！」

レヴィはそういうと、ぼくとディータをまとめて光の玉のなかに閉じ込めた。

「わぁっ……」

ふわりと身体が宙に浮き、すうっと光の玉ごとレヴィのもとに近づいてゆく。

レヴィの身体が、白い光に包まれる。まばゆさにぎゅっと目を閉じ、ふたたび開いたときには、目の前のレヴィは巨大な白虎になっていた。

ラフィも人型ではなく、カーバンクル姿だ。白虎の首にちょこんと乗って、怒号や悲鳴の聞こえるほうに突き進んでゆく。

「ふぁっ！」

ぼくとディータを閉じ込めた玉も、白虎の速度に合わせて、ものすごいスピードで滑るように動いた。

しばらく進むと、甲冑を身にまとった大勢の兵士の姿が見えた。レヴィのいうとおり、十人や二十人じゃない。少なくとも四、五十人はいる。

全員が騎士団員というわけではなさそうだけれど、騎士団の紋章のついたマントをまとった者がぱっと見ただけでも十人以上いるのがわかった。

「貴様ら、なにをしている！」

遅れて駆けつけたアントンが、彼らを怒鳴りつける。

そこには騎士団員に囚われ、縛り上げられたダニエルの姿があった。何度も殴られたのだろう。目がまともに開けないほどまぶたがパンパンに腫れあがり、頬も血まみれで風船のようだ。

「国王陛下の命令です。もし、邪魔をされるというのなら、アントンさまといえども、見過ごすわけにはいきません」

若い騎士の告げた言葉を、アントンは鼻で笑う。

「見過ごすわけにはいかない、だ？　誰に向かっていっている。貴様など、目を瞑っていても一瞬で倒せるぞ」

素早く剣を抜いたアントンを、レヴィが呆れた声で窘める。

「彼一人を倒せても、意味がないでしょう。ここにいる全員が一斉に向かってくれば、いくらあなたが優れた剣士であっても、ただでは済みませんよ」

「やかましい。ただでは済まないかどうか、実際にやってみなくちゃわからないだろうが。――一人でどこまで戦えるか、そこでおとなしく見てろ！」

勇ましく突進しようとしたアントンを、レヴィがディータの護衛、ジョナスごと光の玉のなかに閉じ込める。

いつのまにか、レヴィは虎ではなく、人間の姿になっていた。ラフィもだ。

「な、なにをしやがるっ……！」

「なにをしやがる、じゃないですよ。まったく。あなたの頭は空っぽですか。ダニエルさんが、今どういう状況にあるのか、見てわからないのですか」

レヴィのいうとおりだ。もしかしたらアントンなら、ここにいる全員を倒せるかもしれない。けれども、その前にダニエルの首がはねられては意味がないのだ。

「あなた方は、なにがしたいのですか。いったいなにが目的で、この地を荒らすのです」

険しい声音で問い質したレヴィに、騎士団のひとりが言い放った。

「貴様のその耳、貴様も獣だな。貴様のような下等な種族は知らぬだろうが、我が国には『獣と交流してはならぬ』という法律があるのだ。名もなき荒れ地の領主ダニエル。この男は獣と交流し、領民たちにも交流を促進していた」

汚らわしいものを見るような目つきで見下ろすと、騎士はダニエルの腹を蹴り上げた。

「やめろっ！」

ぎゅーっと胸が苦しくなって、ぼくは声のかぎりに叫んだ。

国王陛下に捨てられたぼくを、温かく迎え入れてくれた心やさしき養父、ダニエル。

光の玉を破って、今すぐ駆けつけたいのに。どんなに殴っても、玉は破れることがない。

悔しくて、ぽろぽろと涙が溢れてきた。

「本来なら即刻死刑となるところを、寛大な国王陛下は『カカオ農園を国に譲渡するのなら、免罪（めんざい）する』といってくださっているのだ。それにも関わらず、この愚（おろ）かな男は、まったく受け入れようとしない」

「そりゃそうでしょう。カカオ農園は、彼の持ち物ではない。我ら獣の住まう森の、なかにあるのですから」

呆れたような声で、レヴィが騎士に言い放つ。

「貴様らの森？　ふざけるな。不法占拠ではないか。今すぐ、結界を解いて我らをなかに入れよ。入れぬのなら――」

兵士達の背後から、緋色のローブをまとった男たちがぞろぞろと姿を現した。ローブに刺繍された『金色の目』の模様。宮廷魔道士だ。

「レヴィ、危ない！　彼らは、国いちばんの魔力を持つ魔道士だ！」

魔道士達が、いっせいに呪文を唱え始める。攻撃に備え、レヴィが光の盾を作った。光の玉に閉じ込められたぼくやディータ、アントン、ジョナスごと、すっぽりと盾で覆い尽くす。

呪文を詠唱する魔道士の声が、より大きなものに変わった。来る。そう思って身構えたのに。彼らが放った魔法は、ぼくらには飛んでこなかった。

「火だ！」

魔道士の放った火が、密林に襲いかかる。炎がまるで生きているかのように、うねりをあげて巨大な固まりになって、森を焼こうとした。

「しまった！」

　レヴィが放った白い光の盾が、炎を一瞬で飲み込み、すんでのところで被害を食い止めた。

　だけど、魔道士達の詠唱は、終わることがない。次から次へと呪文を唱え、火を放ち続ける。

　ひとつ、またひとつ、レヴィは炎を消し続けるけれど、ずらりと並んだ魔道士たちの集中砲火に、少しずつ疲弊しているようだ。

　ぼくらを覆う光の玉が、だんだんと弱々しくなってきた。

「まずい、このままじゃ……」

　光の膜を、アントンが力業で破る。彼は素早くダニエルに駆け寄り、ダニエルを捕らえていた騎士を、一刀両断に切り捨てた。

　ジョナスがアントンに背を預け、アントンの背後を護る。

「アントン！」

　騎士達が、いっせいにアントンとジョナスに迫り来る。アントンはダニエルを抱え上げると、すばやく騎士たちから身を翻した。

「まったく……！　なにをしているのですかっ」

　レヴィがアントンを怒鳴りつける。怒鳴りながらも、レヴィはアントンたちを光の盾で護った。

そのすきに、魔道士は巨大な火の玉を森へと放つ。

「レヴィ、森がっ……」

レヴィの結界に護られ、ふつうの火では決して燃えることのない密林も、魔道士の放つ火では無事では済まないのだと思う。

「だめーっ！」

「ラフィ！」

大きな声で叫び、カーバンクル姿のラフィが巨大な火の玉に突進してゆく。

助けたいのに。ぼくの力じゃ、光の玉はびくともしない。

いやだ。ラフィ。この世界でできた、最初の友だちなのに。お別れなんて、絶対に嫌だっ……！

「やめろっ……！」

力の限りに叫んだ。叫んでどうなるものでもない。わかっていても、叫ばずにはいられなかった。

ぼくの張り上げた声の衝撃で、光の玉が弾け飛ぶ。そして、地響きのような落雷の音が、耳を劈（つんざ）いた。

さっきまで快晴だった空が、いつのまにか真っ黒な雲に覆い尽くされ、滝のような雨が激しくぼくの全身を叩く。

「リヒト……？」

土砂降りの雨にかき消されそうな、ちいさな声で、ディータがぼくを呼ぶ。

光の玉が破れたのだから、ぼくもディータも、地面に叩きつけられてもおかしくない。

それなのになぜか、二人とも中空に浮かんだままだ。手を伸ばせば触れられる場所に、ディータがいる。

「これ、なに……」

おそるおそる手を伸ばし、ディータがなにかに触れた。

どしゃぶりの雨のせいで、視界が水に覆われているのかと思った。だけど、違う。これは、水の壁だ。レヴィが作る光の玉。その玉の膜が、光の代わりに水でできているみたいな、不思議な壁だ。

足元にも水の床があるせいで、ぼくらは地面に叩きつけられずに済んだみたいだ。

「レヴィの、魔法……？」

「僕には、そんな余裕はない！」

いつのまにか白虎に戻ったレヴィが、背中にアントンたち三人と、ラフィを乗せている。

「よかった……ラフィ、無事だったんだね！」

泣けてきそうになったぼくに、ラフィはニコッと笑って答えた。

「りとのおかげで、無事だよ！」

「ぼくの、おかげ……？」

ぼくは、なにもしていない。ただ、叫んで光の玉を壊しただけだ。

それなのに、ぼくの隣で、ディータがこくこくと頷く。

「リヒト。すごいよ、きみは、聖印なしなんかじゃない。きみの額、すごくきれいな聖印が、浮かび上がってるよ」

「えっ……」

額に触れると、そこには冷たいなにかがあった。濡れているわけでもないのに、ひんやり冷たい。

「これ、なに？」

「聖印だよ。青くて、すっごくきれいだよ」

興奮したように、ディータは瞳を輝かせる。

「くうっ、小賢しい。雨など降らせおって……！」

魔道士たちが、ふたたび火の玉を放とうとする。けれども、どしゃぶりの雨が彼らの火を消し、放たれる前に消滅していった。

「やつを捕まえるのだ！　やつの魔法のせいで、火が放てぬ！」

最長老と思しき年老いた魔道士が、騎士に向かって命令する。

「リヒト殿下には、指一本触れさせぬ！」

レヴィの背中を飛び降り、アントンが騎士達に向かってゆく。

「ジョナスさん、行っちゃダメです！」

アントンを追おうとしたジョナスを、ぼくは慌てて引き留めた。

ジョナスの仕事は、ディータを護ることだ。ジョナスの身になにかあれば、いざというとき、ディータを護れるひとが、誰もいなくなってしまう。

「まったく、あの馬鹿は……」

レヴィが呆れたように、うなり声を上げる。

「ラフィ、ダニエルさんを安全な場所へ！」

「任せて！」

カーバンクル姿のラフィとダニエルを、レヴィは光の玉で包み込む。

ラフィが玉のなかで走ると、光の玉もその動きに合わせて転がっていった。

「リヒト。きみも避難させてあげたいところだけど、きみの力なしには、魔道士の攻撃を防げそうにない。そこで雨を降らせ続けていて欲しい。ジョナスさん、リヒトとディータを頼みます！」

レヴィはそう叫ぶと、騎士達に襲いかかった。アントンに加勢するように、彼らを蹴散らしてゆく。

「雨を降らせるって……レヴィ、なにをいってるんだろう。この雨は、ぼくが降らせてるわけじゃないのに」

「ううん、リヒトが降らせてるんだよ。無意識かもしれないけど、これはきみの力だ」

ディータまで、なにをいってるんだろう。信じられない気持ちで、ぼくは降りつづける雨を眺める。

ひとり、またひとり、と、アントンとレヴィは騎士や兵士を次々と倒していった。

「よかった……これで、みんな助か……」

安心したせいで、急に身体から力が抜けてゆく。

「リヒト！　リヒト、大丈夫!?」

ディータの声が、遠く掠れてゆく。ぼくはディータの腕のなかで、意識を失ってしまった。

第十三章　大切なカカオを守るために

翌日、惨事を聞きつけたヴォーゲンハイト辺境伯とヴァンダール伯爵が、軍を率いて駆けつけてきた。

「なんたる愚行。騎士たるもの、自国の民に剣を向けるなど言語道断。貴様らは国王陛下の犬か！」

ヴォーゲンハイト辺境伯に激しく怒鳴りつけられ、辛うじて生き残った騎士や兵士達は、満身創痍でうなだれる。

「丸腰の相手に手を挙げるとは――畜生にも劣る。腐れ外道め」

ヴァンダール伯爵も、唾を吐きかけそうな勢いで、彼らに侮蔑の眼差しを向けた。

彼ら地方領主にとって、自らの領地に住まう領民はなによりも大切な存在だ。全力で民を護るのが、彼らの仕事。国に仕える身でありながら、国民を傷つけた騎士たちの行いは、決して許せるものではないらしい。

「獣と交流を持った罪で、ダニエルを処刑するといっています。彼ら全員をこの場で処分したとしても、おそらくすぐに第二陣が攻めてくるでしょう」

いつになく険しい顔で、アントンがヴォーゲンハイト辺境伯に告げる。

「おそらく、その罪状は言いがかりだな。国王はカカオの利権を狙っておるのだ。『名もなき荒れ地』をダニエルから奪い、国直轄の領地にして、カカオ利権を独り占めする気だ」

選考会以降、国内でのチョコレートの人気は絶大なものとなった。国中の誰もが、チョコレートをひとくち味わいたいと切望しているのだ。

「ましてや今回の万博で、大陸じゅうにその人気が広がる可能性が高い。この先、カカオで儲(もう)けるつもりで、森を狙ったのだろう」

あごひげを撫でながら、ヴォーゲンハイト辺境伯は、ため息を吐く。

「次は百か、千か。それこそ、国軍総出で来るかも知れぬ」

「そんな……降伏(こうふく)するしかないってことですか!?」

思わず叫んだぼくに、ヴォーゲンハイト辺境伯は射るような眼差しを向ける。

「降伏したいのか」

「したくありませんっ。だって、森を差し出せば、獣たちの居場所がなくなっちゃう。みんな、あの森があるから、平穏に暮らせていたんです。それを、ぼくがチョコレートを作ったせいで……」

涙が溢れてきた。全部、ぼくのせいだ。

チョコレートを作りたい。

その一身で、獣やダニエル、領民たちに取り返しがつかないほど大きな迷惑をかけてしまった。

「お前のせいではない。リヒト。お前がチョコレートを作らなければ、この領地はずっと貧しいままだったのだ」

ヴォーゲンハイト辺境伯の言葉に、パンパンに顔を腫らしたダニエルが頷く。

「そうだよ、リヒト。リヒトは、少しも悪くない。リヒトのおかげで、この領地は『希望』を持てたんだ。工夫すれば『貧しさ』から脱却できる。そんな希望を、きみは僕らに与えてくれたんだよ」

ダニエルの言葉に、余計に涙が溢れてきた。

全部、ぼくのせいなのに。誰もぼくを責めない。それどころか、庇おうとしてくれている。

「リヒト、泣いてもなにも解決せぬぞ。泣くでない。——それにしても、暗君(あんくん)の度重なる愚策、今までなんとか耐えてきたが、これ以上は看過できぬ。『獣と交流する者は死刑』だと？　ならば私も死刑ということだな」

「父さん……ごめんなさい。僕が半獣人のせいで……っ」

涙を浮かべたディータを、ヴォーゲンハイト辺境伯はやさしく抱きしめる。

「ディータ。お前はなにも悪くない。悪いのはそのような下らぬ法を作った国王だ。悪法にも暗君にも、従う気はない。リヒト、同盟を組むぞ」

「同盟、ですか……？」

「我らヴォーゲンハイトと、ヴァンダール、そして名もなき荒れ地。三つの領地を合わせれば、国土の半分近い。充分、国としての体裁を保てるだろう」

ディータの頭をひと撫でし、ヴォーゲンハイト辺境伯は立ち上がる。

「国としての体裁って――謀反を起こす、ということですか!?」

思わず叫び声を上げたぼくに、ヴォーゲンハイト辺境伯は真摯な声で問う。

「このまま、領地を取り上げられたいのか。お前もダニエルも、無事では済まぬぞ」

「そんなの嫌だけどっ……。だけど、ヴァンダール伯爵は……」

いきなりそんなことに巻き込まれたら、ヴァンダール伯爵だって困ると思う。そう思ったのに――。

「我も同感だ。チョコレートが食えなくなっては困る。あれは、あの森でしか育たぬのだろう？　ならば、なんとしてでも、あの森を死守せねば」

「チョコレートのために、謀反を起こすのですか!?」

食い意地の張った人だというのは分かっていたけれど。まさか、そこまでとは。失敗すれば自分だって、ただでは済まないのに。お菓子のために、命を賭けるというのだろうか。

　ヴァンダール伯爵は、呆れた顔でぼくを見下ろす。

「お前さん、賢いようで、まだまだガキだな」

「どういう意味ですか……？」

　ぼくの中身は、二十八歳プラス五歳。ヴァンダール伯爵と、そんなに変わらない。確か彼は、まだ三十代なのだ。

　ヴァンダール伯爵は、ふん、と鼻をならし、胸を張った。

「国から与えられたものとはいえ、領主にとって、領地と領民は、命よりも大切なものなのだ。それを簡単に奪えるという前例を作れば、愚かな王は、別の領地も奪うようになる。そのような前例は、決して作ってはならぬのだ」

　これは、『名もなき荒れ地』だけの問題ではない。すべての領主にとって、決して譲れない戦いなのだ、とヴァンダール伯爵はいつになく真剣な声で告げた。

「お父さまやアントンは、どう思うの？」

　謀反を起こし、失敗すれば、全員が死罪だ。本当にそれでいいのだろうか。

「ヴォーゲンハイト辺境伯のいうとおり、このままではリヒト殿下もダニエルさんも無事では済みません。我が命はリヒト殿下をお守りするためのもの。ダニエルさんには住まわせていただいている恩義（おんぎ）があります。自分は同盟に賛成です」

「私もだよ。反対する理由なんかない。皆に迷惑をかけて申し訳がないけれど、どうか、力を貸して欲しい」

深々と頭を下げたダニエルの肩を、ヴォーゲンハイト辺境伯がやさしく叩く。

「そうと決まれば、すぐに戦の準備を。奴らの狙いは、あの密林だ。名もなき荒れ地の民は、我が領地に避難してもらおう。まずはこの地に攻めてきた軍隊を殲滅してゆく。最終的に全面戦争になるにしても、兵力は可能な限り削いだ方がいい」

「待ってください。全面戦争なんかしたら、ものすごくたくさん被害が出ますよね？」

ぼくの問いに、ヴォーゲンハイト辺境伯は重々しく頷いた。

「仕方がない。暗君の支配から脱却するには、犠牲はつきものだ」

「そんなのダメですっ。これ以上、犠牲を出すわけにはいかない」

「ならば、どうするつもりだ」

片眉をあげ、険しい眼差しで、ヴォーゲンハイト辺境伯はぼくを睨む。

「愚かな君主は、ぼくの父親だけです。次期国王候補と名高いぼくの兄、リアム王子もアメリア王妃も、とても賢く、慈悲深い人なのです。彼らは決してお父さまから領地を取り上げたりしないし、獣と交流したからといって、処刑したりもしない。チョコレートの利益だって、独占しようとはしないはずです」

やさしく髪を撫でてくれた、リアム王子の手のぬくもりを思い出す。

アメリア王妃は、他の女性との間に生まれたぼくに、一度だって辛く当たったことがないし、ダニエルのことも、褒めてくれていた。

「お前さん、自分がなにをいっているのか、わかっているのか」

呆れた顔で、ヴァンダール伯爵がぼくを見下ろす。

「どういう意味ですか」

「『戦争は避けたい。悪いのは国王陛下だけだ』って。『国王陛下を暗殺して、革命を起こそう』って公言しているのと同じだぞ」

「別に、『暗殺』するわけじゃありません。彼を捕らえ、我らが新しく作る国の法で裁くのです。――悪法には、公正な法で戦うんですよ」

「法というのは、その国でしか守られぬものだ。我らが国を興して、別の国の王を、自国の法で裁くことなど、できぬのだ」

ヴォーゲンハイト辺境伯に指摘され、ぼくはそれでも引かなかった。

「確かに法律は、国によってまちまちです。でも、ひととして大切にしなくちゃいけないことって、一緒だと思うんです。どの国にも共通することだと思うんですよ」

ぼくが以前生きていた世界では、ある日突然、ひとつの大国が隣国に攻め込み、侵略戦争を始めた。

世界の大半の国は、攻め込んだ側を『悪い』と考え、攻められた国を守るために支援の手を差し伸べた。

この世界にだって、正義はある。——そう信じたかった。

「ぼくが目指すのは、『無血の革命』です。可能なかぎり血を流さず、この国を変えたい。たとえばネリア帝国では、獣人や獣が、人間と仲良く暮らしていますよね。それと同じように、ぼくはこの国を、獣と人が、仲良く共存できる国にしたいんです」

「理想が高いのは結構だが、勝算はあるのか？」

ヴァンダール伯爵に問われ、ぼくは頭を掻く。

「正直にいえば、ありません。でも、信じたいと思います。世の中は悪人ばっかりじゃない。きっと正義はあるって、ぼくは信じたい」

ヴァンダール伯爵は呆れた顔でため息を吐き、ヴォーゲンハイト辺境伯に視線を向けた。

「お子さまの夢物語どおりに事が運ぶとは思えぬが、最悪、我らがやつの首をはねればよい。全面戦争を起こすよりは、兵を失わずに済むやもしれぬ。ヴォーゲンハイト卿はどう思う？」

「よい案ではあるが、国王はめったに王城を出ぬぞ。王城の警備は鉄壁だ。どうやってあれを捕まえる？」

「自分が行きます。あの城の警備のことなら、知り尽くしているので」

アントンが、皆の前に歩み出る。

「ダメだよ、アントン。危険すぎる。ぼくがいくよ」

「リヒト殿下を危険に晒すわけには……！」

互いに譲ろうとしないぼくとアントンに、黙って話を聞いていたレヴィがため息交じりに問う。

「アントン、勇敢なのは結構ですが、どうやって王都の警備を突破するつもりなんですか？　城に入る前に掴まり、処刑されるのがオチですよね」

「そこは気合いで……」

「気合いなんて漠然としたもの、いくらあっても何の役にも立ちません」

ぴしゃりと言い捨てたレヴィは、その場にいる皆をゆっくりと見まわした後、静かな声音で切り出した。

「今回の件は、人間だけの問題ではありません。我らこの森で暮らす獣にとっても深刻な問題なのです」

ぼくのせいで、取り返しのつかないことになってしまった。謝罪しようとしたぼくを、レヴィは目線で制す。

まずは黙って僕の話を聞きなさい。レヴィの目が、そう語っているかのように見えた。

「殺せば解決するというのなら、僕の魔法で、今すぐあの男を殺すこともできる。だけど、それではダメなんだよね？」

さらりと物騒なことをいってのけるレヴィに、ぼくは怯みそうになりつつ答えた。

「それだと、ぼくらも国王といっしょになっちゃうと思うんです。気に入らないからという理由でぼくを追い出した彼と、同じになってしまう。それよりは、やっぱりちゃんと裁きたいです。公の場で、彼のしたことを断罪したいんですよ」

「相変わらず、頑固で面倒な子だね、リヒトは」

ちいさく肩をすくめると、レヴィはぱちんと指をならした。すると、目の前に、どさりとなにかが降ってくる。

「うぐぉっ……！」

うめき声を上げながら地面に転がったのは、国王陛下だった。

第十四章　審判の日

五日後、ぼくらは独立を宣言し、ツヴァイサム国王、アンゼルムの公開裁判を決行した。国王陛下が『名もなき荒れ地』に対して行った暴力行為を告発し、彼の退位を求めるための審判だ。

出席者は、リアム王子とアメリア王妃、隣国、ネリア帝国の皇帝陛下と、エミグラント王国の国王陛下。場所は密林前の、荒らされた一帯に急遽作った特設の屋外裁判所だ。

リアム王子とアメリア王妃、ネリアの皇帝は賛同してくれたけれど、エミグラントの国王陛下は懐疑的だった。

「片方の言い分だけを聞いて、退位を迫るなどいかがなものか。ようは現国王、アンゼルムの退位を望む者が集まって、茶番をしているのだろう」

ふん、と鼻で笑われ、リアム王子の眉間に皺が寄る。すぐに笑顔を作り、リアム王子は堂々とした声音でいった。

「私は、別に父王の退位など望んでおりません。ただし、理由もなく領地を荒らし、独立を宣言させるほど追い込んだとあれば、話は別です。一度でもこのような前例を作れば、二度、三度と起こる。このままではツヴァイサムは分裂、弱体化することになるでしょう」

「どちらにしたって、ヴォーゲンハイトとヴァンダール、名もなき荒れ地は独立するのだろう」

「だからこそ、余計にです。すでに王土の半分近くを失っている。これ以上、父王の失策で、王土を失うわけにはいきません」

エミグラントの国王陛下は、冷ややかな眼差しでリアム王子を見下ろす。

「とんだ孝行息子だな。アンゼルム、どうだ。自らの息子に、暗君と罵られる気分は」

エミグラントの国王陛下に問いかけられ、猿ぐつわをされた国王陛下が、むぐう、と呻いた。

ツヴァイサムの王族は、皆、魔法が使える。国王陛下の主力魔法は、火の魔法だ。そのため、危険な行為に及ばれることがないよう、呪文を唱えられないように、猿ぐつわをしているのだ。

「公正に裁くというのなら、アンゼルムの言い分も聞かねば意味がない。こんなふうに口を封じているのは、お前たちが口裏を合わせて嘘を吐いているせいではないのか」

エミグラントの国王陛下に疑いの目を向けられ、ぼくは反論した。

「嘘なんて吐いていません！」

「証拠はあるのか」

「目撃者がいます。ダニエルや領民達をはじめ、ぼくやアントンも、この目ではっきりと見ました。王の派兵した兵士や騎士団員たちが、名もなき荒れ地の領民や獣たちをいたぶり、破壊の限りを尽くしたんです。この場の荒れ具合が、なによりの証拠です」

叩き割られたガラスの温室に、そこかしこに残る、血の跡や焼き尽くされた木々の残骸。

こんなにも酷い情景を目にして、『証拠がない』なんて、なぜいえるのだろう。

「なぜ、アンゼルムが派兵したと分かる？　誰かが王を陥れるためにやったかもしれぬとは思わぬのか。たとえば、王位を狙うアメリア王妃やリアム王子が、アンゼルムに罪を着せるために、派兵したかもしれない」

「兄上やアメリア王妃は、そんなことをする人じゃありません！」

「じゃあ、お前かもしれないな。父親に捨てられた腹いせに、お前が仕組んだ罠かもしれない」

「ちがっ……」

「世迷い言を。こんなちいさな子どもに、なにができるというのだ」

リアム王子が、ぼくを庇ってくれた。エミグラントの国王陛下は目を細め、アントンに視線を向ける。

「子どもひとりじゃ無理でも、騎士団一の剣の達人がいれば、なんとでもなるのではないか。その男、かの有名な剣士、アントンだろう」

エミグラントの国王陛下の問いに、ぼくらのやりとりを見守っていたネリアの皇帝が、静かな声音で割って入った。

「そんなにいうのなら、アンゼルムの言い分を聞けばいい。聞いた上で判断しようじゃないか」

「だけど、猿ぐつわを外したら――」

不安になったぼくに、レヴィが耳打ちする。

「大丈夫だよ、リヒト。僕が光の檻を作るから。ここは従った方がいい。拒めば怪しまれる」

レヴィのいうとおり、確かに拒めば、怪しく思われるかもしれない。

「それに、国王陛下の魔力は火属性。なにかあっても、水属性のリヒトがいれば、なんとでもなる」

「や、ぼくはまだ、魔力をコントロールできないし……」

ようやく聖印が現れたと思ったのに。ぼくの額の聖印は、あの後、すぐに消えてしまった。

そして、どんなに魔法を使おうとしても、ちっとも発動できないのだ。

不安だけれど、この場には国内最強の剣士アントン、国境防衛軍の指揮官ヴォーゲンハイト辺境伯と、彼の腹心ジョナスがいる。国王陛下がおかしなことをしたら、すぐに彼らが剣を抜くだろう。

アントンとジョナスによって、国王陛下の猿ぐつわが解かれる。手枷と足枷は、つけたままだ。

無精に伸びた髭と、乱れた髪。国王陛下はギラリとした目で皆を睨みつけ、小さな声でなにかを呟いた。

もしかして、これは――。

まずい、と思ったときには、遅かった。突如、空に暗雲が立ちこめたかのように周囲が暗くなる。

「キアァアアアアアァァ……！」

怒号のような叫びとともに、急降下してきたもの。それは、とてつもなく巨大なドラゴンだった。

「グアァアアアアァォ！」

うなり声を上げ、ごぉっと天に向かって炎を吐き出す。

とてつもない威力だ。百メートル以上離れていそうなぼくのところまで、もぉっと熱風が吹きつけてきた。

「レヴィ、あのドラゴンをなんとかして！」

「申し訳ないけど、ドラゴンに対して、僕は無力だ。僕の魔力は彼ら闇属性の生き物には効かないんだ」

「そんなっ、じゃあ、どうしたらっ……」

リアム王子も国王陛下と同じ火属性で、火を消すことはできない。アメリア王妃には魔力がない。

迷ってる場合じゃない。さっきの炎。あれを地上に向けて吐かれたら、それこそ、ここにいる全員、焼き尽くされてしまう。

「アントン、みんなを避難させてくれ！」

「わかりました！　しかし、殿下は……っ」

「ぼくの魔力は、水属性だ。なにか、できるかもしれない」

そう返したものの、いまのぼくには聖印さえ存在しない。できることなんて、きっとなにひとつない。

それでも、逃げるわけにはいかない、と思った。このまま放置すれば、領地を燃やし尽くされてしまう。

「ドラゴンに対しては無力だけど、皆を助けることなら、僕にもできる」

レヴィが魔法で、皆を光の玉で次々と包み込んでくれた。そのまま安全な場所に、ワープさせてくれる。

「レヴィ、ドラゴンをワープさせるわけにはいかないの？」

「さっきもいったように、ドラゴンには僕の魔法は効かないんだ。しかも、最悪なことに――おそらくあの炎は、僕の結界より強い。きっと密林も燃やされてしまう」

王家には、ドラゴンを召喚する魔法が代々伝わっている。けれども、召喚できるだけで、制御することはできない。狂暴なドラゴンを召喚すれば、自分も殺されるかもしれないし、味方も敵も見境なく焼かれる可能性だってある。だから、呪文を知っていても、ふつうは誰も召喚なんかしないのだ。

（『王位をはく奪されるくらいなら、全部燃やし尽くして、皆も道連れにしよう』ってこと……!?）

最悪だ。自分の父親ながら、あまりの自己中心さに、めまいがしそうだ。

すべての人が避難を終えた後、最後にアントンとジョナスも光の玉に入れられ、去って行った。残ったのはぼくとレヴィとドラゴン、そして、国王だけだ。

と思ったけど――。

「めーっ！」

ドラゴンに向かって、とつぜん飛び出していった影。

それは、カーバンクル姿のラフィだった。

「ラフィ、だめだよっ、近づいたら危ないっ！」

突進してくるちっちゃな生き物に気づき、ドラゴンがギロリとラフィを睨みつける。

まずい。火を吐かれたら、一巻の終わりだ。

ラフィ。どうしてこんなときに――。

咄嗟に、ぼくは駆け出していた。駆け寄ったところで、なにかできるわけじゃない。

いっしょに丸焦げになるだけだ。それでも、止まらなかった。

「ラフィ！」

声の限りに、ラフィの名前を呼ぶ。その声をかき消すように、雷鳴が轟いた。

まばゆい光が弾け、ずどん、と雷が落ちる。バラバラバラッと大粒の雨が全身に叩きつけてきた。

痛いくらい強いその雨に、ごぉっとドラゴンの火炎が吐き出される。どしゃぶりの雨のなかでも、その火の勢いが弱まることはなかった。ばちばちと音を立てながら、火の粉が舞い上がる。

「ラフィ！」

再度、ぼくはラフィの名前を呼んだ。喉がちぎれそうなほど、強く、強く叫ぶ。足がもつれそうになりながら必死で駆け寄って、めいっぱい手を伸ばしたけれど、中空に浮かんだラフィには届かない。

熱風と咆哮（ほうこう）。炎が、ラフィとぼくを包み込む――はず、だった。

「あれ……？」

見上げると、ドラゴンの炎が不自然な形で動きを止めていた。ラフィが炎に包まれる直前、ほんの数センチ手前で火が止まっている。

「なに……これ……」

いったいなにが起こったのだろう。おかしなことに、なぜか雨粒も落ちてこない。

「えへ、止まったね。ひさびさだから、ちゃんとできるかどうか、わかんなかったよ！」

かわいらしい声で、ラフィが叫ぶ。

「もしかして、これ、ラフィがしたの？」

こくんと頷き、ラフィは中空からすうっとぼくのところに降りてきた。

「ん。ボクの魔法。ボクはね、時空を止められるの」

「時空を止める……？」

「うん、時間と、空間、どっちも止めちゃうの――って、お話ししてるひま、ないよ！りと、ドラゴン、ないないしよ！」

「ないないって、どうやって？」

「りとの魔法で、ばーんって」

「や、ぼくの魔法、水属性だし。せいぜい雨を降らすくらいしかできないよ」

「洪水どーん！」

「そんなことしたら、領地も森も水浸しになっちゃう」

雨だってよくない。あまりたくさん降らせたら、農作物もなにもかも、ダメになってしまう。

なにか、よい方法はないだろうか。

「ねえ、レヴィ、なにかいい方法、ないかな」

話しかけてみたけれど、レヴィはドラゴンや国王陛下同様、フリーズしたまま動かなくなっている。

ぼくとラフィ以外、生き物も草木も風さえも、なにもかもがぴたりと止まってしまったのだ。

「りと、ぴんち。ラフィ、もう無理。もうすぐ、魔法切れる」

「えぇっ、ちょっと待って。まだダメっ」

どうしよう。ぼくの雨は、ドラゴンの火に負ける。こんな弱い魔法で、いったいどうやって戦ったら――。

「そうだ！」

ぼくはポケットからレヴィに貰った玉を取り出した。昨日、レヴィがぼくにくれた、四つ目の魔法の玉。ワープの魔法が使える玉だ。

「これを使って、レニーとラリーを呼び寄せよう。彼らに、ぼくの降らせる雨を凍らせてもらうんだ。そうしたら、雨が矢になってドラゴンの上に――」

自分でいっておいて、致命的な欠陥に気づいた。そんなものが降ってきたら、ぼくやラフィ、レヴィも死んでしまう。

だからといって、ドラゴンをどこかにワープさせたら、ワープさせた先が、大混乱に陥るだろう。ぼくも父王と同類の、無責任な生き物になってしまう。

ラフィが苦しそうに、「うみゃぁ！」と悲鳴を上げた。全身がふるふると震えている。ダメだ。これ以上無理をさせたら、どうにかなってしまうかもしれない。

「わかった。雨じゃなくて、もっと大量の水。滝を、局所的に作り出せばいいんだ」

雨だって、自分の意志では降らせられない。それなのに、そんなことできるとは思えない。

それでも、しなくちゃだめだ。ラフィを、レヴィを、この領地や獣の住まう森を、絶対に護らなくちゃいけない。

ワープの呪文を唱え、心のなかで、氷栗鼠のレニーとラリーの姿を思い浮かべる。すると、目の前に二匹のちっちゃなリスが現れた。

「レニー、ラリー。頼みがあるんだ。今から大雨を降らせるから。あのドラゴンの周りに降った雨を凍らせて欲しい」

レニーとラリーは顔を見合わせ、『報酬は？』と問う。

「おいしいチョコレートのお菓子を、一生、いつでも好きなときに作ってあげる」

時間がない。急がなくちゃ。

「りと……ごめん――」

きゅうーと啼いて、ラフィが倒れる。雨が、バラバラッと全身に叩きつけてきた。

『わかった。約束だぞ。一生、おいしい菓子を作ってくれ』

状況を察してくれたのかもしれない。レニーとラリーが、ちょこんとぼくの左右の肩に飛び乗る。

「約束する。頼むよ、レニー、ラリー！」

「グァァアアアアァォ！」

ドラゴンの咆哮が、ぼくの声をかき消す。

今だ！　炎を吐かれる前に。なんとかして、滝を……！

目を閉じて一心不乱に念じると、ごぉおおおっと地響きのような音がして、目の前に巨大な水の塊が降ってきた。

「滝……っ！」

感動している場合じゃない。

「レニー、ラリー、今だ！　凍らせてっ」

お願いだ。凍ってくれ。頼む……！

パリパリっと音がする。滝の表面に氷が張ってゆく。

だけど、足りない。全然足りない。これじゃ、ドラゴンの炎には勝てない。

「グアァアアアァォ！」

ふたたび、ドラゴンの咆哮。まずい。今度こそ、炎を吐かれてしまうかもしれない。

いやだ、諦めたくない。

「レニー、ラリー、お願いだ。もう一度、全力で冷気を吐いて欲しい」

『わかった！』

はぁーっと、二匹の氷栗鼠が冷気を吐く。

バリバリっと氷に亀裂が走るような音がして、目の前の水の壁に、氷の膜ができてゆく。

じわ、じわ、じわ、と広がったその膜は、いつのまにか、ドラゴンを氷の殻のなかに閉じ込めていた。

だけど、まだ足りない。火を噴かれたら、この薄い殻は、あっさり溶かされてしまう。

もっと、もっと。

もっと厚く、硬い氷を……！

「りと、これ、使って！」

ラフィがぼくになにかを放り投げる。受け取ると、それは以前、ぼくが川で拾ったキラキラ光る石、ラフィの家族の魔石の一つだった。

「カーバンクルの魔石はね、お願いごとをすると、なんでも叶えてくれるんだよ」

確かレヴィがいっていた。どんな願いごとでも叶えられる代わりに、叶え終わると、魔石は粉々に砕け散ってしまうのだと。

叶えられる願い事は、魔石ひとつにつき、たったひとつだけ。

だからこそ、カーバンクルはとても重宝されているのだ。

「ダメだよ、そんな大切なもの、使えないっ」

ラフィにとって、大切な家族の遺品だ。そんな貴重な石を粉々にするなんて、絶対にダメだ。

「だめ、ないの。森、ないないしたら、ラフィもレヴィも、居場所、なくなっちゃう。おねがい、りとにしかできないんだよ。りとにしか救えないの！」

氷の殻に閉じ込められたドラゴンが、抜け出そうとして必死でもがく。

そのたびに、みしっ、ぴきっと嫌な音がして、今にも氷を突き破って出てきそうだ。

レニーもラリーも必死で息を吐き続けてくれているけれど、どれだけ保つかわからない。

無理をし過ぎれば、ラフィだけでなく、彼らまで危険に晒されてしまうだろう。

「ごめん、ラフィ。ラフィの大事なの、もらうね……！」

どうしても、助けたい。この森を、領地を、みんなを、救いたいんだ……！

「ラフィのご先祖様、お願いしますっ。永遠に溶けない氷で、ドラゴンを閉じ込めてください！」

キィイン……！　と耳鳴りみたいに甲高い音が耳を劈いた。

直後、手のひらのなかにあったはずの魔石が、ふわりと中空に舞い上がる。天高く舞い上がったそれは、ぱりんと音を立てて割れ、ぱらぱらときらめく破片が空から降ってきた。

「ほぁ、きれい！」

ラフィが手を伸ばし、キラキラ光る破片を掴まえようとする。

しばらくその美しさに見惚れた後、ぼくは我にかえり、ドラゴンに視線を向けた。

「わ、完全に氷漬けになってる……！」

『ムカつくな。俺たちの氷より、すごい氷だ』

氷栗鼠のラリーとレニーが、ふてくされてほっぺたを膨らませた。

確かにすごい。一滴残らず、すべての水が完全に凍っているのだ。

透明に澄んだ氷の柱のなかに、ドラゴンが閉じ込められている。巨大な柱をまじまじと見つめ、ぼくは大変なことに気づいた。

「どうしよう。父王まで氷のなかに……」

ラフィの魔法が解け、動けるようになったレヴィが、けだるそうに前髪を掻きあげながら、柱を見上げる。

「こんな物騒なものが近くにあっては、気が休まらないね。手っ取り早く、誰も足を踏み入れることのない、雪山にでも移動させないと」

ぱちん、とレヴィが指を鳴らすと、氷の柱が跡形もなく消えた。

「レヴィの魔法、ドラゴンには効かないのでは……」

「ドラゴンに対して、直接魔法をかけることはできないけれど、間接的になら効くよ。氷属性の氷栗鼠が作った氷の柱は、別に闇属性でもなんでもないからね」

にっこりと微笑み、レヴィは避難させていた人々を、ふたたび魔法で呼び戻した。

「リヒト！」

涙目になったディータが、ぼくに駆け寄ってくる。

「うわぁっ……！」

思いっきり飛びつかれ、ぼくは受け止めきれずに地面に転がった。すると、ラフィまで飛びかかってくる。氷栗鼠のラリーとレニーも面白がって、ぼくの額の上でぴょんぴょん飛び跳ねた。さらにアントンまで駆けつけてきて、ぼくはもみくちゃにされた。

「殿下、無事でしたか！」

「だから、殿下じゃないってば。ぼくはもう、王子じゃないんだ」

無精ひげがじょりじょりする頬をすり寄せられ、うっとうしさに身をよじる。

「そうだな。独立を宣言した今、リヒトは国王陛下だ。殿下じゃない」

ヴォーゲンハイト辺境伯が、なぞの言葉を吐いた。

「こ、国王陛下っ!?　国王は、いちばん大きな領土を持つ、ヴォーゲンハイト辺境伯がなるべきですよ」

「ありえぬな。私には国境を護るという大切な役目がある。さっきだって見ただろう。あの、エミグラントの国王の、小憎らしい様を。奴らは、ここぞとばかりに仕掛けてくるぞ」

「そ、そんなっ……じゃ、じゃあ、ヴァンダール伯爵は……?」

ヴァンダール伯爵が首を横にふる。

「私に国王など務まるわけがなかろう。お前さんこそ、王になるべきだ」

「いや、そんなのっ、ぼく、まだ五歳ですよ!?」

「もうすぐ六歳になりますよね」

ぼそりと呟くアントンに、ぼくはツッコミを入れる。

「五歳も六歳も変わらないよ！　学校入学前、お子さまっていうか、まだ幼児だし！」

「だからこそ、いいのではないか。まわりの力を借りねば、ひとりですべてをこなすことはできぬ。そういう人間が王になれば、皆が力を合わせて、国を盛り上げていこうと思えるだろう。三つの領土が協力し合って、ひとつの国をつくる。リヒトこそ、ぴったりな役割だと思うが、違うか?」

　ヴォーゲンハイト辺境伯の言葉に、ダニエルが頷く。

「私も、そう思います。ヴォーゲンハイト、ヴァンダール、そして名もなき荒れ地、三つの領地がそれぞれのよさを生かして領地運営をし、互いに助け合う。その橋渡しの役目は、リヒトにこそできるものではないでしょうか。――なんて、父親の私がいうのは、親ばか過ぎますかね……」

　照れくさそうに頭を掻くダニエルの姿に、ぼくは涙腺が緩んでしまいそうになった。

「えっと、じゃあ、王政じゃなくて、大統領制にしましょう。国の頭は、世襲ではなく、毎回、民による選挙で選ぶんです。初回はぼくが引き受けます。その後は期間を決めて、選挙で選び直すんです。長く続けたければ、常に国民の声に耳を傾けなくてはならない。それなら、常に平等で公正な政治が行えるのではないですか」

　ぼくの言葉に、ヴォーゲンハイト辺境伯とヴァンダール伯爵が目を見開く。

「お前さん、本当に五歳か？　人生何度目だ」

「リヒトの神童ぶりには驚かされてばかりだが、まさかここまでとは――」

　驚愕する二人に、なぜかぼくの肩を抱いたアントンが、自信たっぷりに胸をそらす。

「素晴らしいでしょう。リヒト殿……いや、リヒト陛下は」

「アントン、大統領のことは『陛下』とはいわないよ」

「じゃあ、どんな敬称をつければいいんですか」

「敬称はいらない。呼び捨てにするのが、自然なんだよ」

そんなのは無理です！　と叫ぶアントンを無視して、ぼくは声を張って皆に宣言する。

「というわけで、ぼくがこの国の、初代大統領になりました。このとおり、まだ未熟な身ですが、みなさまのために精いっぱい頑張ります。どうぞよろしくおねがいいたしますっ」

その場にいる皆が、拍手をしてくれた。リアム王子やアメリア王妃、ネリアの皇帝だけでなく、エミグラントの国王も小ばかにした顔をしながらも、手を叩いている。

「ぼくらの独立を、認めてくださるのですか」

ぼくの問いに、エミグラントの国王は相変わらず舐めた顔で、さらりと答えた。

「まさか、アンゼルムが見境なくドラゴンを召喚するなどとは思わなかった。あれは生粋の馬鹿者だ。あんな男と比べたら、五歳児のほうがマシだ。あの男を放置すれば、戦にもドラゴンを使いかねない、ということだろう？」

戦場でのドラゴン召喚は、どの国でも禁じられている。敵だけでなく、味方にも甚大な被害が出るからだ。

「お分かりいただけましたか。我が父王の本性を」

すかさず問うリアム王子に、エミグラントの国王は、ふんと鼻を鳴らす。

「貴様はいけ好かぬが、まあ、アンゼルムよりはマシだ。分裂した今、我が国に攻め込むだけの力は残っておらぬだろう。しばらくは目をつぶってやってもいい」

「そのことですが――我らは先代の父王と違い、他国を侵略する気はありません。侵略されそうになれば、全力で抗いますが。自ら進軍することは絶対にないと誓います」

　凛とした声で告げたリアム王子に、エミグラントの国王は挑発するような眼差しを向ける。

「尻の青い若造だから、そんなぬるい言葉が吐けるのだ。十年、二十年、この先、玉座に座り続けた後も同じ言葉が吐けるか、楽しみにしていてやるよ。――稀代(きたい)の暗君の血を引く若造よ」

　小馬鹿にしたようにいうと、エミグラントの国王は大きなあくびをする。

「用事は済んだな。さっさと帰してくれ」

「あ、はい。では、まずはエミグラントの皆さまからお送りいたします。エミグラントのみなさま、お集まりくださーい」

　旅行会社の添乗員さんのように、レヴィが手を挙げる。

　エミグラントの国王と彼の側近、護衛たちがレヴィの光の玉で去って行った。

「リヒト、父王の亡骸(なきがら)はどこだ」

　リアム王子に問われ、ぼくは慌てふためく。

「そ、それがっ……実は――」

父王を殺めたわけではなく、ドラゴンとともに氷漬けになってしまったのだと告げると、リアム王子は呆気にとられた後、おかしそうに笑いだした。

「自業自得、というやつだな」

「助けなくて、大丈夫でしょうか……？」

「助ける？　お前はどこまでお人よしなんだ。お前を追放し、殺そうとした男だぞ」

「ですが——」

リアム王子が、ぼくの肩を掴む。

「お前のそのやさしさは、すばらしい魅力ではある。だが、時として『赦し』がさらなる悲劇を生むこともある。実際に、あのとき猿ぐつわを解かなければ、こんなことにはならなかった。被害がなかったからいいものの、もしかしたらこの場にいる全員が死んでいたかもしれないんだ」

リアム王子のいうとおりだ。

ラフィの魔石のおかげでなんとかなったけれど。ぼくの魔法だけでは、どうすることもできなかった。

こんなふうに皆で会うことは、もう二度とできなかったかもしれないのだ。

「人の上に立つ、ということは、『覚悟を持たなくてはならない』ということだ。なにも、父王のように『冷酷になれ』とはいわない。だが、誰かを護るためには、戦わなくてはならないこともある。そのことは、肝に銘じておけ」

いつもどおり、凛とした声だ。けれども、リアム王子の声は、なぜだか包み込むようにやさしく聞こえた。肩を掴む手も、ぼくを勇気づけてくれているみたいにあったかい。

「ありがとうございます、お兄さま。ヴォーゲンハイト辺境伯やヴァンダール伯爵、ダニエルお父さま、そしてお兄さまから、たくさん学んで、よい大統領になれるよう、頑張りますっ」

これからもよろしくお願いいたします、と頭を下げたぼくの髪を、リアム王子がくしゃくしゃと撫でる。

「さて、私たちも帰りましょうか」

リアム王子とアメリア王妃たちが、レヴィの魔法で去ってゆく。

いつのまにか、領民たちがぼくらの周りに集まってきていた。

「ごめんなさい。ぼくのせいで、取り返しのつかないことになってしまって――」

深々と頭を下げたぼくに、皆は「謝ることじゃない」と口々にいってくれた。

「ダニエルさんも俺らも、諦めていたんだよ。ウチには呪われた密林がある。だから、貧しいままでも仕方がないんだって。――呪われるのが怖くて、誰も密林に近づこうとさえしなかった」

「リヒトぼっちゃんは、ダニエルさんやオレらを、貧しさから救いたい一心で、あの森に入って獣たちと交流することにしたんだろ？」

領民のひとりに問われ、ぼくはこくっと頷く。

「チョコレートの力で、『名もなき荒れ地』を豊かにできたらいいなぁって、思ったんです。それに、獣と人間が、もっと仲良く暮らせたらいいのになって思ったんですよ。ぼくのいちばん仲のいい友だちは、獣と獣人だから」

「やった！　ボク、りとのいちばん！」

ぴこーんと耳をたて、カーバンクル姿のラフィが飛びかかってくる。

「違うよ。リヒトは、ラフィとぼく、『二人とも』いちばんっていったんだよ」

すかさず、ディータがラフィの言葉を訂正した。

「いっちばーん！」

ぴょこぴょこ飛び跳ね、ラフィはぼくの身体をよじ登る。

ぼくは呆れつつ、「二人ともいちばんだよ」と答えた。

ほっぺたをふくらませていたディータが、にへら、と笑顔になる。

以前はあまり笑わなかったのに。すっかり笑顔の増えた息子の姿に、ヴォーゲンハイト辺境伯が目を細める。

「実際には三領地の同盟、ではないな。獣の住まう森も含め、四つの土地の同盟、だな。――レヴィ殿、承諾してくれるか」

ヴォーゲンハイト辺境伯の問いに、レヴィは笑顔で頷いた。

「もちろんですよ。私たちにとっても、外の世界で安全に過ごせるようになるのは、とてもありがたいことなんです。私たちだって、好きで閉じこもっているわけじゃない」

獣に対する暴力や差別があまりにも酷く、彼らは森に結界を張って、閉じこもって暮らすことを決めた。

ダニエルの人柄のおかげで、この地の領民は獣に対して差別意識を持たず、人と同じように接してくれているけれど、他の地域には今も根強い獣への差別や嫌悪感が、残っている場所も多いのだ。

『獣と人間が、仲よく共存する国になるのか。それはありがたい』

『国の役人が来ても、隠れなくてよくなるってことだな』

ぼくの肩にちょこんと腰かけたレニーとラリーが、感慨深げな声でいった。

獣に対する圧政のせいで、彼らも色々と苦労しているのだと思う。

「国には名前が必要だね。リヒト、もう決めたの？」

ディータに問われ、ぼくは慌てて首を振る。

「そんなの、ぼくには決められないよ！　みなさんで決めてください」

逃げ出そうとしたぼくに、ヴォーゲンハイト辺境伯が助言をくれた。

「チョコレートにちなんだ名前はどうだ？　我らを最初に結びつけたのは、リヒトの作るチョコレートだ」

「確かにそうですね。私たち森の獣も、チョコレートを通して、リヒトや領地の皆とつながったんです」

レヴィも、ヴォーゲンハイト辺境伯の意見に同意した。

「チョコにちなんだ名前か。んー……」

チョコレート共和国、直球過ぎるかな。カカオ共和国、どこかで聞いたことがある気がする。

「そうだ。『テオブロマ共和国』って、どうですか？」

ぼくの提案に、皆は不思議そうな顔をする。

「テオブロマ？　どういう意味？」

ディータに問われ、ぼくは答えた。

「チョコレートの原料になる、『カカオの実』のことだよ。『神さまの食べ物』っていう意味なんだ」

何の資源もなかった『名もなき荒れ地』を豊かにし、獣と人、領地と領地、ぼくらを結び付けてくれた、大切な存在。

ぼくらにとってカカオは、神の恵みのような存在だ。

「共和国、というのはどういう意味だ？」

ヴォーゲンハイト辺境伯に問われ、ぼくは答えた。

「『王のいない国』という意味ですよ。一人の王さまが国を治めるのではなく、国民の選んだ代表が、治める国のことです」

「聞いたことのない言葉だが、よい言葉だな。テオブロマという言葉の語感も悪くない」

ヴォーゲンハイト辺境伯に褒められ、照れくさい気持ちになる。

「じゃあ、せっかくですし、多数決で決めましょうか。この場にいる皆に、投票してもらいます」

ゆっくりと周囲を見渡し、ぼくは告げた。

「まずは『テオブロマ共和国』という国名に反対のひと。手を挙げてください。できれば、代案も教えて欲しいです。なにかよい案があったら、教えてください」

誰も、手をあげない。

「じゃあ、『テオブロマ共和国』でいいと思うひと。手を挙げてください」

「はーい！」

真っ先に、ラフィが手を挙げる。

そして、ディータが、アントンが、ダニエルやヴォーゲンハイト辺境伯、ヴァンダール伯爵、皆が手をあげてくれた。

「決まりだな」

「てぉぶろまー！」

ラフィが舌ったらずな声で叫ぶ。皆も、それぞれ『テオブロマ共和国』と口にしてくれた。

「りと、お祝い、ひつよう。ちょこれいとのおかし！」

ぴょこんと飛び跳ね、ラフィが主張する。レニーとラリーも、『チョコレート！　そうだ。今すぐ報酬をくれ！』と叫んだ。

「僕の誕生日に作ってくれた、『チョコレートケーキ』なんてどうかな。全員で食べられるくらい、おっきなケーキを作るんだ」

瞳を輝かせ、ディータが身を乗り出す。

「チョコレートケーキか。いいね。建国のお祝いケーキだ。だけど全員分となると、かなり大きなケーキにしなくちゃいけないよ。みんな、手伝ってくれるかな」

「てつだうー！」

「もちろん、手伝うよ！」

ラフィやディータ、レニーやラリーをはじめ、皆が協力を申し出てくれた。

「よし、そうと決まればまずは生地作りだ。手分けして作ろう。復興作業の前に、まずは腹ごしらえだ！」

軍隊の襲撃に、ドラゴン召喚。惨事の爪痕の残る領地に、甘くて幸せなにおいが立ちこめる。

かまどに入りきらないくらい、巨大なチョコレートケーキ。

焼き上がりを待ちながら、ぼくらは新しい始まりを、皆で祝った。

おしまい

コスミック文庫 α

追放された第七王子、もふもふいっぱいの辺境でチョコレート同盟、はじめます!

2023年 11月1日 初版発行

【著者】 遠坂カナレ

【発行人】 佐藤広野

【発行】 株式会社コスミック出版
〒154-0002 東京都世田谷区下馬 6-15-4

【お問い合わせ】 一営業部一 TEL 03(5432)7084 FAX 03(5432)7088
一編集部一 TEL 03(5432)7086 FAX 03(5432)7090

【ホームページ】 https://www.cosmicpub.com/

【振替口座】 00110-8-611382

【印刷/製本】 中央精版印刷株式会社

ISBN978-4-7747-6510-5 C0193

コスミック文庫α（アルファ）好評既刊

笹に願いを！
～子ぎつね稲荷と『たなばたキッチン』はじめました～

遠坂カナレ

七夕まつりで何十年も『枯れない笹』として元気な姿を見せてくれていた笹が枯れ始めた。キッチンカーを運営する歩が残念な気持ちで見つめていると、突然笹の中から子ぎつねが現れ、ぷくぷくほっぺの幼児に変身した。幼児がいうには笹は稲荷さまの住処で、七夕まつりの会場に飾られ、市民からの短冊の願いを叶えることによって枯れずにいたのだそうだ。それが二年連続の中止で枯れ始めてしまったらしい。子ぎつねは稲荷さまの眷属で、なんとかしようとして出てきたのだという。子ぎつねのコン太とともに、笹が枯れないよう奮闘を始めた歩だったが――!?

子ぎつねコン太がキッチンカーの新米店長と大活躍!!